Christian Futscher

# WER EINSAM IST IN DER GROSSEN STADT

*Erzählungen*

GEGRÜNDET
1999

Christian Futscher

# WER EINSAM IST IN DER GROSSEN STADT

*Erzählungen*

Czernin Verlag, Wien

Gedruckt mit Unterstützung der Stadt Wien, MA7 / Literaturförderung
und des Landes Vorarlberg

Futscher, Christian: Wer einsam ist in der großen Stadt.
Erzählungen / Christian Futscher
Wien: Czernin Verlag 2017
ISBN: 978-3-7076-0614-0


Lektorat: Florian Huber
Umschlaggestaltung: Inge Mayer
Satz: Burghard List
Autorenfoto: © Evi Hämmerle
Druck: Finidr
ISBN Print: 978-3-7076-0614-0
ISBN E-Book: 978-3-7076-0613-3

# Inhalt

## An einem Morgen im »Korb«

Im Schanigarten des Café Korb nehmen zwei Männer Platz. Es ist ein sonniger Sommermorgen, Uhrzeit ca. 8:15.

Der Ober tritt an den Tisch der beiden Männer: »Einen schönen guten Morgen, die Herren, was darf's denn sein?«

Einer der beiden Männer: »Zwei große Bier, bitte!«

Der Ober: »Endlich eine vernünftige Bestellung!«

Die beiden Männer lachen, der Ober lacht, die Sonne lacht …

Bei den beiden Männern, die an diesem wunderschönen Morgen im Schanigarten des Café Korb Platz genommen haben, handelt es sich um Christus und Ronaldus. Christus arbeitet in einer Kirche als Aushilfsprediger, Ronaldus arbeitet in einem Fürstenhof als Hotel. Christus wartet sehnsüchtig auf das Kreuz, von dem er an den Tag steigen kann. Ronaldus spricht hingegen gern vom ewigen Ron, wohin alle Umwege führen.

Zum Wohl, es ist ein herrlicher Morgen, das wurde bereits angedeutet. Die Sonne leuchtet vom Himmel herunter und Christus und Ronaldus leuchten zum Himmel hinauf. Die Politik raucht, wer sich über Zigaretten unterhält, kann niemals schief gewickelt sein und in manchen Fürstenhöfen spielt es Granada, wenn zum Beispiel englische Musiker anwesend sind, die keine Berührungsängste haben, was Drogen aller Art anbelangt, und die den berühmten Spruch von William Blake im jungen Blut haben, der da lautet: »The road of excess leads to the palace of wisdom« (alter Hut). Davon kann Ronaldus ein Lied singen, er leuchtet heute besonders schön. Auch das Bier leuchtet besonders schön in der Morgensonne, das ist ein Punkt, der nicht außer Acht gelassen werden darf, da fahren Häuser drüber. Am Nebentisch sitzen ein paar junge Frauen, Christus meint: »Ich fühle mich wie ein Hahn im Korb: Kikeriki!«, die jungen Frauen nehmen keine Notiz von ihm, das ist ihm aber einerlei, denn für Gesprächsstoff ist reichlich gesorgt.

Wie arbeitet es sich als Hotel? Wie geht es einem, wenn die Rede stockt? Ist das Disparate dem Inkohärenten überlegen oder verhält es sich so, dass das beschwingte Schwadronieren in abseitige Sackgassen führt, in denen Hängematten hängen? Fragen über Fragen, die alle nicht beantwortet werden müssen und einfach so im Raum stehen.

Ronaldus hat oft mit nicht uninteressanten Zeitgenossen zu tun, die da heißen Element of Crime, Tocotronic, Rocko Schamoni, aber auch Babyshambles und so weiter. Ronaldus hat große Pläne, die hat Christus auch, nur ist bei beiden oft schon Sense, bevor noch das Gras gewachsen ist. Sie lachen und sie trinken, sie sagen: Wir machen eh alles richtig, weil wer kann schon hier und jetzt um diese Zeit  Nein, wir stecken unsere Köpfe nicht in die Arbeit … Sollen wir in irgendeiner Form eine Vorreiterrolle übernehmen? Schau, da geht der Nationalratsabgeordnete Soundso, der blaue Koffer!, sagt Christus, und Ronaldus, der sich viel besser auskennt in den Niederungen der heimischen Politik, korrigiert: der *schwarzblaue!* Und dann setzt sich für ein paar Minuten eine gute Freundin von Ronaldus dazu, das Bier wird erneuert, von der nahe gelegenen Kirche kommen die Glocken des Läutens angeschwirrt wie die Liebe der Pfeile in die Herzen der Bierdackel, wuff, wuff, natürlich mit e, nicht mit a, also *deckel.* Christus hat wie immer seine eigenen dabei. Schau, schau, sagt er zu Ronaldus, hier habe ich den

Bierdeckel von meinem lieben Bildhauerfreund Holzschnitzer Uwe Schlonski aus dem Norden oben, sieh mal das Bild, und sieh mal, was da hinten draufsteht: »So vergehen die Tage in Schönheit.« Auf einem zweiten Bierdeckel steht: »Die Desperados sind müde«, und auf einem dritten: »Fernet wär nett.« Ronaldus findet das alles sehr schön, es jauchzt ihm das Herz aus dem Mund, Christus holt drei große Nägel aus seiner Hose und jongliert damit. Der Herr Ober wiederholt sich: »Endlich eine vernünftige Bestellung!« Ronaldus und Christus mussten beim ersten Mal lachen, beim zweiten Mal müssen sie denken, der gute Mann ist womöglich ein armer Mann, der auf die reinigende Kraft des Wassers setzen sollte, um nicht unterzugehen. Aber der Herr Ober ist gut drauf, er hat sich gar nicht wiederholt, da hat sich nur jemand einen schlechten Scherz erlaubt, denn in Wahrheit hat er das Jonglieren kommentiert mit den Worten: »Endlich ein vernünftiger Frühsport!« – Das Kreuz im eigenen Auge soll den Balkon nicht ersetzen und nie und nimmer darf man die Kirche mit dem Bad ausschütten. Am Vormittag gehen die Uhren eben anders. Apropos Uhren, sagt entweder Christus oder Ronaldus, man kann die Gegenwart zwar nicht festhalten, aber vollstopfen kann man sie, damit sie nur noch langsam vorwärts kommt und nicht so schnell vergeht …

»Hol mich der Teufel, wenn das nicht Christus und Ronaldus sind!«, hören Christus und Ronaldus eine Stimme, die ihnen nicht unbekannt ist.

»Pepitus!«, ruft Christus.

»Pepitus!«, ruft Ronaldus.

Und dann geht's dahin.

# Gelobtes Land Tellerrand

Ich sag Ihnen was:

Wenn wir unter uns bleiben, kann uns nix passieren, aber wenn die anderen, wenn die alle, dann gnade uns Gott.

Das sind keine Flüchtlinge, das sind Deserteure, die drücken sich vor Verantwortung, die haben keinen Anstand, so schaut's aus.

Das ist ein Wahnsinn, wohin soll das führen, die kommen hierher, haben keine Ahnung, dann vergewaltigen sie unsere Frauen, aber wir sollen für sie zahlen.

Gestern hat einer gesagt, er sieht das nicht ein, das hab ich auch schon gesagt, das ist so was von eindeutig, ich könnte Ihnen Sachen erzählen, aber wer hört schon auf mich.

Wenn ich was zu sagen hätte, ich würde die alle zurück, es kann mir doch keiner erzählen, dass die nicht, die wollen doch nur, das verstehe ich nicht.

Man sollte ausreisen und wieder einreisen, dann würde es einem gut gehen, dann ist für alles gesorgt, aber wir sind eben zu blöd dazu, naiv und leichtgläubig.

Die Kinder sind doch gar nicht echt, die tun nur so, das sind alles keine richtigen Kinder, die ertrinken auch nicht, alles miese Propaganda von denen, die verarschen uns nach Strich und Faden.

Die wollen nur ein Stück vom Kuchen, die wollen nur die Rosinen herauspicken, das kennt man doch, mit denen muss man, die sollte man, aber ich hab ja nichts zu sagen.

Wenn wir damals auch, also wir wären doch nicht mit so Booten, das ist doch lächerlich, warum fliegen die nicht, das zeigt doch, das sind alles Minderbemittelte, die brauchen wir nicht.

In einem Lieferwagen ersticken, das muss nicht sein, warum lassen die sich da hineinpferchen, können die sich nicht denken, das ist doch idiotisch.

Nein, die Kinder sind nicht echt, und das tote Kind am Strand war eine Lüge, damit wir weich werden, aber wir sind ja nicht blöd, mit der modernen Technik kann man heute alles Mögliche zeigen, was nicht stimmt, die blasen alles auf, damit wir dumm dastehen, wir werden belogen von oben bis unten, die wissen doch selber nicht mehr, was hinten und vorne ist, aber wir sollen es ausbaden, nein, irgendwann ist Schluss, da hört sich alles auf, jetzt muss endlich was geschehen.

Wenn wir jetzt nicht handeln, tragen wir morgen alle ein Kopftuch, die Frauen sieht man nicht mehr, die Männer haben keine Köpfe, überall kann was explodieren, die Mode ist schwarz, es gibt keine Schnitzel mehr und die Kühe sind heilig, wenn wir nicht aufpassen, wir dürfen uns nicht alles gefallen lassen.

Die sind ja auch gegen den Wein, gegen den Alkohol, sogar gegen das Bier, wo soll denn das hinführen, das Rauchen ist auch schon überall verboten, das ist doch alles Scheiße.

Wenn die das Sagen haben, ist Schluss mit lustig, die wollen ja auch die Musik nicht, hab ich gehört, das ist doch pervers, Gräben zuschütten ist auch ein Schwachsinn, aufreißen und vergrößern muss man die, dass keiner drüber kommt.

Wehret den Anfängen, es muss Schluss sein mit dem ganzen Scheißdreck, was zu viel ist, ist zu viel, ich scheiß auf Willkommen, Allah Kadabra und den ganzen faulen Zauber, der Kalif von Kapstadt soll sich brausen gehen, aber echt.

Die sollen sich schleichen, die Stinkerten, Depperten, Wahnsinnigen, wer braucht die Trotteln, die Scheißkerle, die traumatisierten, mit ihrer beschissenen Religion, die uns ihren Scheißmanitu reindrücken wollen mit ihren Scheißmessern und Sehschlitzen, schleichts euch, depperte Schaspartie, raus aus dem Land, aber dalli, wir sind keine Empfängnisstation.

Jetzt rede ich, weil ich will nicht, dass meine Tochter vergewaltigt wird, dass mein Sohn ein Terrorist wird, dass meine Frau was weiß ich, ach was, jetzt ist Schluss mit vornehmer Zurückhaltung, ab morgen werden alle Fluchtwege zugeschissen, wenn's nicht anders geht

Ich hab genug Scheiße in mir, um alle Fluchtwege zuzuscheißen, ich scheiß mich nichts mehr, ich scheiß euch alle zusammen, und ich scheiß alle Fluchtwege zu, dann ist eine Ruh, endlich, scheiß Politiker, scheiß Gutmenschen, scheiß Arschlöcher, verschissene.

Weil's doch wahr ist, nein, ich lass mir den Mund nicht verbieten, ich rede wie ich will, die Wahrheit muss nun mal raus, das ist doch alles getürkt, das stimmt doch alles nicht, die wollen nur ein besseres Leben, die sollen ihre Heimat wiederaufbauen, die sollen bei sich zu Hause anpacken, anstatt bei uns die Hand aufhalten, die hält ja keiner aus, nix Grüß Gott, sondern Schleich di.

Die Schlepper sind nicht dumm, die verdienen sich eine goldene Nase, jeder muss schauen, wie er zurechtkommt, und wenn die so blöd sind, dass sie zahlen, aber uns zeigen sie die lange Nase, und wie die stinken müssen nach so einer langen Reise.

Man kann doch nicht alle integrieren, das ist doch ein Irrsinn, die stören nur den Unterricht, die haben in der Schule gar keinen Platz, dort geht es eh schon drunter und drüber, und Deutsch können sie auch nicht, die wollen uns unterwandern, damit wir alle zu ihrem komischen Gott beten, das ist doch lachhaft, lächerlich, ein schlechter Witz, die sind total verrückt, das weiß man doch, Köpfe abschneiden, Menschen verbrennen, die gehören alle weg.

Wir sind Christen, also ich nicht, ich bin ausgetreten aus dem Arschverein, aber bei uns gibt es doch die katholische Tradition, und obwohl mir die scheißegal ist, die soll bleiben, weil das ist unsere eigene Scheißtradition, ich will keine fremde Scheißtradition, nicht eine Moschee oder dieses Gsangl vom Turm, da würde ich auszucken, die Glocken gehören zu uns, das Bimbam, nicht dieser kranke Singsang, dagegen ist auch das Kikeriki im Dorf heilig Tag oder wie man sagt.

Wenn ich könnte, würde ich aufräumen, die verschmutzen doch das Stadtbild, das sieht doch ein Blinder, die gehören nicht hierher, es gibt welche, die sagen, es wird bunter, aber ich sag, es wird dunkler, sogar schwarz, was die Hautfarbe anbelangt.

Die wollen nichts hackeln, die hauen uns nur das Hackl ins Kreuz, die wollen Drogen verkaufen, unsere unschuldigen Kinder verführen, die kann man nicht integrieren, weil die wollen das nicht, die sind viel zu stolz dazu, ein Österreicher zu werden, und zu deppert.

Alle, die jetzt aufschreien: Weg mit den Grenzen, denen sollte man das Maul stopfen, wir werden ausgegrenzt, das ist überhaupt eine Ungerechtigkeit, weil wir die nicht alle über die Grenze lassen wollen, weil wir unsere Heimat lieben, die Gemütlichkeit und das alles, das geht einfach nicht, dass jeder Dahergelaufene, da werde ich echt ungemütlich, die Grenze muss dicht sein, wozu gibt es einen Grenzschutz, und der muss aufgestockt werden.

Ich bin für mehr Kontrolle, alles muss verschärft werden, weil die tanzen uns auf der Nase herum, und wir schauen durch die Finger, aber das sind nicht umsonst Ausländer, die gehören ins Ausland und dort sollen sie bleiben, wo kämen wir da hin, wenn alle Inländer ins Ausland gehen, das ist doch ein ungesundes Durcheinander.

Wer steigt schon in ein Flüchtlingsboot, wenn er nicht schwimmen kann, noch dazu mit Kindern, das sagt doch alles, die sind unverantwortlich, die wollen nur ein besseres Leben, die wollen wie die Made im Speck, und auf der faulen Haut liegen, dass das Meer gefährlich ist, weiß doch jeder Idiot.

Ich will nicht, dass meine Kinder so aufwachsen, ich hab zwar keine Kinder, aber man leidet eben mit, man ist ja kein Unmensch, der nur an sich denkt, nein, die Kinder sollen nicht so aufwachsen, dass sie womöglich in der Minderheit sind und nicht mehr Deutsch hören, sondern nur Ausländisch, die Sprache von denen klingt doch wie gerülpst, gefurzt, so abgehackt, also schön ist was anderes, wie kommen wir dazu, dass wir uns das anhören müssen.

Flüchtlingslager auf schönen Inseln sind auch eine Zumutung, die verbreiten dort schlechte Stimmung, verdrecken alles, versauen ganze Urlaubsparadiese, und wer will dann dort Urlaub machen, kein Schwein, eh klar, aber das ist den Herren Flüchtlingen wurscht, wenn ganze Inseln verarmen, wo die Bewohner vorher schon arm waren, da scheißen sie drauf, die sauberen Herren und Damen Flüchtlinge, und denken nur an sich.

Ich will kein schlechtes Gewissen haben wegen denen, das wäre ja noch schöner, ich will mich nicht schlecht fühlen, wenn ich zu Hause mein Bier trinke und meine Serien sehe, die Flüchtlinge stören nur, das muss ihnen doch klar sein, die sind einfach rücksichtslos und respektieren keine Grenzen, das ist es, aber wir werden ausgegrenzt, weil wir für den sicheren Grenzschutz sind, das ist doch absurd und lächerlich, wenn es sein muss, sind wir auch für den Schießbefehl, weil wir sind keine Weicheier, die für den Kuschelkurs sind, das können wir uns nicht mehr leisten, das ganze Humanitätsgedudel, das schwule.

Das ganze Plastik im Meer, das ist doch auch von denen, das ist doch auf dem Mist von denen gewachsen, und wer nicht schwimmen kann, soll an Land bleiben oder den Bus oder den Zug nehmen, das kann doch nicht so schwer sein, Handys haben sie ja auch alle, können sie doch ein Taxi rufen, ein Sammeltaxi.

Die sogenannte Willkommenskultur, wenn ich das schon höre, da steigen mir die Grausbirnen auf, wer braucht die und wozu, da lass ich lieber einen Schas und zu dem sag ich dann: Herzlich willkommen, weil der verflüchtigt sich wenigstens gleich, aber diese Massen von Flüchtlingen nicht, die bleiben und stinken, die wollen von uns durchgefüttert werden, dabei ist das Bier auch schon wieder teurer geworden.

Mit Kultur kannst mich jagen, diese Wichtigtuer, Obergscheiten, Wichser, Hot Volley, Schickeriaschnösel, Studentenpack, die braucht niemand, die sollen in ihrem Biobezirk an ihrer Bioluft ersticken, wenn sie ihre Bionüsschen knabbern und an ihren Bioschleckern schlecken.

Ehrlich gesagt, sehe ich schwarz, ich sehe auch rot, die goldenen Zeiten sind vorbei, denn jetzt kommen sie wieder über das Meer, wir haben früher Schiffe versenken gespielt, heute werden Schiffe in den Hafen gesteuert, was heißt Schiffe, überladene Schlauchboote, das ist doch ein Witz, dass man die da alle drauflässt.

Nicht, dass ich für Schwule bin, die gehen mir schon auch am Arsch vorbei, aber deswegen die Schwulen von Hausdächern hinunterstoßen, dass sie unten die Straße versauen mit ihren aufgeplatzten Bäuchen, den Eingeweiden und dem Blut, das ist keine saubere Art, wie man das Problem löst.

Mir sind die hundewurscht, ich kann mich nicht um alle kümmern, ich hab genug damit zu tun, dass ich selber den Kopf über Wasser, mir schenkt auch keiner was, ich würde auch nichts annehmen, da hab ich meinen Stolz, ich würde mich schämen, fremde Menschen in einem fremden Land anzubetteln.

Sterben ist eine Möglichkeit, und nicht die schlechteste, das hört man nicht gern, aber so ist es, ein Freund von mir sagt, ihm ist das wurscht, wenn zum Beispiel die Bombe kommt, wenn die kommt, stellt er sich direkt darunter, dann ist er weg, und das war's mit der ganzen Scheiße und man ist anderen keine Last.

Die Türken sind auch nicht blöd, ich hab gehört, die überlegen sich jetzt, an der Grenze Selbstschussanlagen aufzustellen, zuerst ertönt durch den Lautsprecher, dass man nicht näher kommen soll, und wenn man trotzdem näher kommt, dann beginnt die Anlage automatisch zu schießen, ohne mit der Wimper zu zucken, weil die hat keine Wimper, da ist sie dem Menschen überlegen, das nenne ich eine nüchterne Pflichterfüllung, das ist natürlich nichts für Weicheier, eh klar, aber die Zeit der Weicheier ist vorbei.

Mir schmeckt schon manchmal das Bier nicht mehr, das geht zu weit, das muss ich mir nicht bieten lassen, wir haben doch auch ein Recht auf unser Bier, auf unsere Gemütlichkeit, das ist doch ein Menschenrecht, ein österreichisches, das Menschenrecht auf Gemütlichkeit, das steht doch in der Verfassung.

Wie komm ich dazu, in der Pause von einem Fußballspiel einen Bericht über Flüchtlinge zu sehen, da vergeht einem ja alles, sollen sie die Wüstenmäuse bombardieren, wie kommen wir dazu, dass die alle zu uns kommen, wir sind doch nicht das gelobte Land, verdammt.

Mir ist das scheißegal, was die von mir denken, die trinken doch Kamelpisse, da sind die paar Kamele von Schönbrunn zu wenig, aber ich will nicht, dass bei unseren Bauern auf einmal Kamele statt Kühen im Stall stehen, obwohl ich keine Milch trinke, darum geht es nicht, wenn das wenigstens alles Vegetarier wären, aber das sind ja alles Fleischfresser, die fressen uns doch das ganze Fleisch auch noch weg, und blockieren alle Grillplätze, gibt eh schon zu wenig Grillplätze, und an der Fleischtheke muss man sich dann auch noch länger anstellen, wenn man die alle hereinlässt in unser noch schönes Land.

Wenn ich eine Frau wäre, Gott bewahre, würden mir die nicht einmal die Hand schütteln, so krank im Kopf sind die, da hört sich doch alles auf, das müssen sich unsere Frauen nicht bieten lassen, eine Unverschämtheit ist das.

Die stehen jetzt schon überall in den Ecken und zwischen den Marktständen, wenn ich einen sehe, belle ich, ich fange an zu bellen: wuff, wuff, wuff, da trauen sie sich nicht aus den Ecken heraus, geknurrt hab ich auch schon: grrr, grrr.

Wuff, das ist eine gute Methode: wuff, wuff, wuff, so kann man sich, wuff, das Gesindel vom Leib halten, grrr, grrrrrrrr, wuff, ich gehe jetzt zu den Orten, wo sie sind, da stehen sie zum Beispiel Schlange auf dem Gehsteig vor irgendeinem Amt, wo sie was wollen, ich belle sie an: wuff, wuff, wuff, ich knurre sie an: grrr, grrr, grrrrrr, diese Sprache verstehen sie, da ist dann klar, was es geschlagen hat.
WUFF WUFF WUFF

GRRR GRRR GRRRRRRRR
WUFF WUFF WUFF WUFF WUFF
GRRRRRRR GRRRRRRRRR GRRRRRRRRRRRRR
WUFF WUFF WUFF WUFF WUFF WUFF WUFF WUFF
…

## Wer einsam ist in der großen Stadt

So hieß einer meiner besten Texte, der aber leider verloren gegangen ist. Ich habe ihn vor vielen Jahren geschrieben, seit etlichen Jahren nicht mehr in der Hand gehabt, in den letzten Jahren aber immer wieder an ihn gedacht. Ich habe ihn zwischendurch auch immer wieder gesucht, ich kann mich nicht erinnern, wann ich ihn zuletzt in der Hand hatte, fest steht nur, das ist lange her. Ich habe mir immer gedacht, ich warte auf den richtigen Moment, den idealen Zeitpunkt, um ihn zu überarbeiten, zu perfektionieren. Er war wirklich einer der besten Texte, die ich jemals geschrieben habe, ich kann mich kaum erinnern, was darin gestanden ist, aber ich kann mich gut erinnern, wie er entstanden ist, nämlich aus einem Guss. Ohne abzusetzen habe ich den Text geschrieben, es hat gesprudelt wie selten, viele Seiten lang, ein Satz nach dem anderen ist auf dem Papier gelandet aus luftigen Höhen, ich hatte damals noch eine alte Adler, eine mechanische Schreibmaschine – sie steht immer noch hier in der Wohnung, ich habe sie beim Umzug letztes Jahr nicht weggegeben. Seit Jahren nehme ich mir vor, ein neues Farbband für sie zu kaufen, falls es so etwas überhaupt noch gibt. Ich würde sehr gerne wieder einmal in die Tasten der Adler dreschen und ordentlich Krach schlagen mit ihr. Ja, manchmal habe ich eine große Sehnsucht nach der guten alten mechanischen Schreibmaschine, auf der ich begonnen habe zu schreiben, auf der ich so oft abgeschwirrt bin in luftige Höhen, weil das Schreiben war für mich immer auch ein Mir-Luft-machen. Ich habe auch Sehnsucht nach den altvertrauten, lange nicht mehr gehörten Geräuschen, die sie so machte, wenn man auf ihr schrieb. Gern hätte ich den Text *Wer einsam ist in der großen Stadt* auf ihr neu geschrieben, abgetippt ... Ich kann mich, wie gesagt, kaum noch an den Text erinnern, aber denke ich an ihn, ist da ein bestimmtes Gefühl – ja, ich habe ein ganz bestimmtes Gefühl für ihn, das ich aber nicht näher beschreiben kann, vielleicht so: Es wird hell, wenn ich an ihn denke. Ich habe oben geschrieben, dass ich mich kaum mehr daran erinnern kann, was ich in dem Text geschrieben habe, aber das stimmt nicht ganz. Ich kann mich zum Beispiel genau daran erinnern, dass ich damals wüst gewettert habe gegen diejenigen, die mit einer Großstadt nichts anfangen können, denen in einer Großstadt fad ist, die in einer Großstadt einsam sind. Ich machte mich lustig über die viel zitierte Vereinsamung der Menschen in den Großstädten, die zunehmende Isolierung der einzelnen Großstadtbewohner. Ich zählte auf, was für zahlreiche Möglichkeiten eine Großstadt bietet, auch was die Möglichkeiten anbelangt, Menschen kennenzulernen. Ich gab zu bedenken, dass man in einem Dorf auf wenige Personen angewiesen ist bzw. nur aus einer begrenzten Anzahl von Menschen auswählen kann, was Freunde, Freundinnen usw. anbelangt, wohingegen in einer großen Stadt die Möglichkeiten auch in dieser Hinsicht ungleich größer sind. Einer der immer wiederkehrenden Schlüsselsätze, die nur leicht variierten, war: Wer einsam ist in der großen Stadt, der muss ein schöner Trottel sein. Statt *Trottel* stand manchmal *Volltrottel, Idiot, Vollidiot* usw. Und zum Schluss sollte herauskommen, dass der Autor selbst sehr einsam und verzweifelt ist. Aber das war in der Urfassung nicht drin, das wollte ich irgendwann im Nachhinein hinzufügen. Oder auch nicht. Ist eigentlich ein Schwächeln, das ich jetzt verurteile. Nein, die Quintessenz soll in seiner Heftigkeit erhalten bleiben: Wer einsam ist in der großen Stadt, der muss ein Volltrottel sein. Subtilität hin oder her. Aber ich würde mit dem Text, der leider verloren ging, am liebsten in Klausur gehen, wer weiß, was dabei herauskäme, wie er sich verändern würde.

Jahre später habe ich mich wieder mit dem Thema »Großstadt« beschäftigt, dabei ist ein Lied entstanden, das gut hierher passt. Es heißt *Mein Heimatland* und geht so:

So viele Lichter. / So viele Häuser. / So viele Straßen. / So viele Plätze. / So viele Lokale. / So viele Kinos. / So viele Theater. / So viele Sprachen. / So viele Parks.

Die Stadt ist mein Heimatland,
die Stadt ist mein Zuhaus.
Die Stadt ist mein Wunderland,
da kenn ich mich aus.

So viele Frauen. / So viele Männer. / So viele Busse. / So viele Tiere. / So viele Kirchen. / So viele Boutiquen. / So viele Bordelle. / So viele Apotheken.

Die Stadt ist mein Heimatland,
die Stadt ist mein Zuhaus.
Die Stadt ist mein Wunderland,
da will ich nicht raus.

Auf dem Land ist es schon auch schön,
aber da gibt es zum Beispiel Wiesen,
und auf diesen Wiesen stehen keine Häuser,
auf diesen Wiesen wohnen keine Menschen,
auf diesen Wiesen wohnen zum Beispiel Käfer,
und mit Käfern kann man sich nicht so gut unterhalten,

mit Käfern ist eine interessante Konversation unmöglich
und in Käfer kann man sich auch nicht verlieben –
ich zumindest nicht.

So viele Autos. / So viele Kinder. / So viele Bäume. / So viele Galerien. / So viele Schwule. / So viele Museen. / So viele Bahnhöfe.

Die Stadt ist mein Heimatland,
die Stadt ist mein Zuhaus.
Die Stadt ist mein Wunderland,
da kenn ich mich aus,
da will ich nicht raus,
DA WILL ICH NICHT RAUS!

Text variiert, ich lasse mich nicht festnageln, Änderungen je nach Stimmung und Stadt, z. B. auch:

So viel Lärm. / So viel Gestank. / So viel Aggression. / So viel Schmutz. / So viele Baustellen. / So viele Umleitungen. / So viele Sackgassen. / So viel Hass. / So viele Rolltreppen. / So viele Supermärkte. / So viele Kaugummiautomaten. / So viele Transvestiten. / So viele Blumen …

(Wer das Lied vorgesungen haben will, soll mich über den Verlag kontaktieren.)

Ich kann mich dunkel erinnern, dass ich in dem Text *Wer einsam ist in der großen Stadt* auch viele Tipps gegeben habe, wie man der Einsamkeit entkommen kann: Ein Kind zeugen oder einem Verein beitreten sind zum Beispiel zwei der zugegeben nicht gerade originellen Vorschläge. Im Text war eine Fülle von Vorschlägen, die mir jetzt aber leider nicht mehr einfallen. Ich kann nur immer wieder betonen, dass es sich bei dem Text um einen der besten gehandelt hat, die ich jemals geschrieben habe, davon bin ich nach wie vor überzeugt, aber davon hat niemand was. Ich könnte schreien, wenn ich daran denke, dass der herrliche Text wahrscheinlich für immer verschwunden ist, dass er nie in seiner ursprünglichen vitalen sprudelnden Form das Licht der Veröffentlichung erblicken wird. Mit diesem Text, nur leicht überarbeitet, weil so ganz fertig war er noch nicht, würde ich zweifellos großen Erfolg haben. Ach, es ist ein Jammer, ich könnte heulen …

An dieser Stelle muss ich an meinen Freund Albert denken, einen überzeugten Städter, der in seinem ganzen Leben nie gejammert hat. Ich habe ihm vor vielen Jahren ein Lied gewidmet, das ich jetzt auch gern hier vorstellen würde, weil es irgendwie gut zu dem vorigen passt, gleich in mehrfacher Hinsicht. Das Lied, man könnte es auch als einen Sprechgesang bezeichnen, heißt *Die Kampfmaschine*, hat die Widmung *Für Albert, der in seinem ganzen Leben noch nie gejammert hat,* und geht in voller Länge so:

Hör doch auf zu jammern, das ist ja widerlich, dieses Gejammer, das hält doch kein Mensch aus, dieses ewige Gejammer. Halt doch die Klappe, du Jammerlappen! Ich habe früher auch oft gejammert, über mein Leben, was nicht klappte, nie klappen würde, und wer und was daran schuld sind, habe ich angedeutet, bis ich mir eines Tages gesagt habe: Hör doch auf zu jammern, du Jammerlappen! Das ist ja widerlich, dein Gejammer, das hält doch kein Mensch aus … Denn ich habe einen Film gesehen – und danach habe ich mir hinter die Ohren geschrieben:

NIE MEHR SOLL EIN JAMMERWORT

ÜBER MEINE LIPPEN KOMMEN
NIE MEHR SOLL EIN JAMMERWORT
ÜBER MEINE LIPPEN KOMMEN

Das war nach einem Film, den ich gesehen habe. In dem Film verheimlicht einer seine gebrochenen Rippen vor einem wichtigen Kampf, Mann gegen Mann. Kein Sterbenswörtchen verliert er über seine gebrochenen Rippen und deshalb gewinnt er ihn auch, den Kampf. Hätte er zuvor allen von seinen gebrochenen Rippen vorgejammert, hätte er den Kampf bestimmt verloren. So sehe ich das. Und ich habe mir hinter die Ohren geschrieben:

NIE MEHR SOLL EIN JAMMERWORT
ÜBER MEINE LIPPEN KOMMEN
NIE MEHR SOLL EIN JAMMERWORT
ÜBER MEINE LIPPEN KOMMEN

Denn ich habe einen Film gesehen, darin verschweigt einer, dass er gebrochene Rippen hat, und stellt sich dem Kampf trotz der gebrochenen Rippen, einem wichtigen Zweikampf, Mann gegen Mann, und gewinnt sehr eindrucksvoll mit zusammengebissenen Zähnen. Keinem hat er vor dem Kampf von seinen gebrochenen Rippen vorgejammert oder auch nur ein Sterbenswörtchen über seine gebrochenen Rippen verloren, und deshalb hat er den Kampf auch gewonnen. Und ich kann nur wiederholen, was ich mir hinter die Ohren geschrieben habe:

NIE MEHR SOLL EIN JAMMERWORT
ÜBER MEINE LIPPEN KOMMEN
NIE MEHR SOLL EIN JAMMERWORT

## ÜBER MEINE LIPPEN KOMMEN

Ich weiß, das wird langsam fad, aber ich muss es noch einmal sagen, weil es so wichtig ist: Hör auf zu jammern, ich halte das nicht mehr aus, dieses Gejammer. Sei ein ganzer Kerl, keine halbe Portion (das meine ich nicht ironisch) und verschon mich bitte mit deinem
elenden,
erbärmlichen,
jämmerlichen Gejammer,
du Jammerlappen!

Jammerlappen!

Jammerlappen!

Ja, ich habe einen Film gesehen – und danach habe ich mir hinter die Ohren geschrieben:

NIE MEHR SOLL EIN JAMMERWORT
ÜBER MEINE LIPPEN KOMMEN
NIE MEHR SOLL EIN JAMMERWORT
ÜBER MEINE LIPPEN KOMMEN

(Und auch hier gilt, wer das Lied vorgesungen haben will, ich verlange nur einen angemessenen Preis, möge mich kontaktieren.)

Mein Durcheinander macht mich krank, Ordnung ist das halbe Buch, und mein neues Bücherregal ist wunderbar (ein großes Dankeschön an meine Frau, die es ermöglicht hat!), aber das gehört nicht hierher …

Nach diesem Lied für Albert will ich eine Gastgeschichte vorstellen, die ein Kind geschrieben hat. Die Geschichte handelt von einem Ritter, der Albert heißt, und mir objektiv sehr gut gefällt. Sie wurde von einem zwölfjährigen Kind geschrieben und war im ursprünglichen Text *Wer einsam ist in der großen Stadt* natürlich auch nicht enthalten. Sie ist, ich sage es voll Stolz, von meinem Sohn Philipp, der damals, als ich *Wer einsam ist in der großen Stadt* geschrieben habe, noch gar nicht auf der Welt war. Das originale *Wer einsam ist in der großen Stadt* ist vor der Geburt meines Sohnes entstanden.

Hier jedenfalls die Geschichte von Philipp, auf die ich mich jetzt freue – ja, auch das Abtippen der Geschichte macht mir große Freude. Sie heißt *Albert und seine Tiere* und geht wortwörtlich so:

Es lebte mal ein Ritter. Er war klein, schön, aber dafür strohdumm. Sein Name war Albert. Er war ein Ritter. Ein dummer Ritter. Albert lebte in einem Schloss. In diesem Schloss lebte ein König namens Franz. Franz hatte viele Tiere: Katzen, Hunde, Schweine, Fische, Affen, Vögel, Reptilien und natürlich auch Pferde. Und alle hießen Waldi. Alle Katzen, Hunde, Schweine, Fische, Affen, Vögel, Reptilien und natürlich auch Pferde hießen Waldi.

Wenn Franz rief: »WAAAAALDIIIIIII!!!!«, dann kamen alle Katzen, Hunde, Schweine, Fische, Affen, Vögel, Reptilien und natürlich auch Pferde angerannt, und Franz musste wegrennen. Albert liebte Tiere wie Franzi. Er spielte oft mit den vielen Waldis. Aber eines Tages starb Franzi, und alle Waldis und der Ritter Albert waren traurig. Von nun an kümmerte sich Albert um die Katzen, Hunde, Schweine,

Fische, Affen, Vögel, Reptilien und natürlich auch Pferde. Es war anstrengend, aber es machte Albert Spaß.

Aber eines Tages verschwand Waldi. Albert war todtraurig, dass Waldi nicht mehr da war. Er weinte tagelang. Die vielen Katzen, Hunde, Schweine, Fische, Affen, Vögel, Reptilien und natürlich auch Pferde kuschelten sich an Albert, denn auch sie waren traurig, dass Waldi nicht mehr da war. Eines Tages griffen Wildschweine das Schloss an und Albert musste mit den vielen Katzen, Hunden, Schweinen, Fischen, Affen, Vögeln, Reptilien und natürlich auch Pferden fliehen.

Albert und seine vielen Waldis marschierten lange. Sie kamen zu einem Wirtshaus. Dort gab es noch ein Zimmer, das frei war. Nur, es stellte sich heraus, dass in dem Wirtshaus keine Tiere erwünscht waren. Albert weinte, und die vielen Katzen, Hunde, Schweine, Fische, Affen, Vögel, Reptilien und natürlich auch Pferde weinten auch. Sie kuschelten sich wieder ganz nah aneinander, damit ihnen nicht kalt wurde. Dann schliefen sie ein.

Am nächsten Morgen wachte Waldi als erster auf. Er bellte die anderen wach. Da fauchte ihn Waldi an, weil er noch weiter schlafen wollte. Das weckte wiederum Waldi auf, der nun grunzte und wild auf die zwei Waldis los rannte. Da wachte Albert auf und regelte das. Die drei Waldis waren beleidigt. Sie schauten sich eine ganze Stunde nicht an.

Albert wusste nicht, was er tun sollte. Er war mit 78 Tieren unterwegs und nirgends durfte er hinein. Er war verzweifelt. Doch eines Tages traf Albert eine Frau. Eine alte Frau. Sie sah die vielen Katzen, Hunde, Schweine, Fische, Affen, Vögel, Reptilien und natürlich auch Pferde.

Dann sah sie Albert an. Sie schaute ihn lange an. Sehr lange. Sie schaute ihn sogar Tage an. Sogar Monate. Dann sagte sie: »VERSCHWINDE!!!!«

Albert wich zurück und rannte mit den vielen Katzen, Hunden, Schweinen, Fischen, Affen, Vögeln, Reptilien und natürlich auch Pferden davon. Er war hungrig. Er war durstig. Er war schmutzig! Die Waldis waren hungrig. Die Waldis waren durstig, aber sie waren nicht so schmutzig wie Albert.

Die 78 Tiere wussten nicht, ob sie zu Albert halten sollten oder ob sie fort gehen sollten. Es war eine Scheißzeit für sie. Da sagte Albert zu den Tieren: »Ihr vielen Katzen, Hunde, Schweine, Fische, Affen, Vögel, Reptilien und natürlich auch Pferde. Ich bin nicht der Richtige, der auf euch aufpassen kann. Geht und sucht Obdach und ein liebes Herrchen. Geht! Lasst mich allein.«

Da gingen die vielen Katzen, Hunde, Schweine, Fische, Affen, Vögel, Reptilien und natürlich auch Pferde fort. Das war das letzte Mal, dass Albert seine Waldis sah.

Albert wurde 27 Jahre alt. Er fand eine Frau, die ihm Obdach gab. Er heiratete sie. Sie bekamen Kinder (Waldi 1., Waldi 2. und Waldine). Die vielen Katzen, Hunde, Schweine, Fische, Affen, Vögel, Reptilien und natürlich auch Pferde fanden alle ein nettes Herrchen – bis auf Waldi. Der fand nie sein Herrchen. Niemand wusste, was mit ihm geschah. Dann gab es ja noch den Waldi, der eines Tages verschwunden war. Der hatte ein nettes Frauchen gefunden. Ende.

Es hat mir jetzt, wie gesagt, große Freude gemacht, diesen Text meines Sohnes abzuschreiben. *Albert und seine Tiere* passt gut zum Thema, finde ich, abgesehen davon, dass davor ein Text einem Albert gewidmet war.

*Wer einsam ist in der großen Stadt* würde ich heute ganz anders schreiben, glaube ich. Ich würde zum Beispiel nicht mehr so hart urteilen über jemanden, der … Aber da höre ich plötzlich die Stimme eines Lesers: »VERSCHWINDE!«

Ich weiche zurück, wende mich einer Leserin zu, die mich wohlwollend anlächelt, und frage sie: »Finden Sie es okay, dass ich in diesem Text jetzt so viel von meinem Sohn abgeschrieben habe?«

»Jaja, das geht schon in Ordnung. Aber sehen Sie zu, dass es ihm nie so ergeht wie Waldi. Und eines noch, meiner Meinung nach gibt es zu viele Wiederholungen, ich würde das Ganze etwas kürzen.«

»Ich werde darüber nachdenken.«

Ich hoffe, dass mein Sohn nie einsam sein wird. Oft sehe ich alte Männer, die verloren irgendwo herumsitzen und mit leerem Blick vor sich hinstarren – da krampft es mir das Herz zusammen und ich frage mich, wie wird es meinem Sohn gehen, wenn er alt ist? Ich jedenfalls werde dann längst nicht mehr da sein, ich hoffe, es sind andere da, viele andere, mindestens 78!!!!

## Vom Leben in der großen Stadt

Vor mir stand ein Zwerg, der eine schöne Zipfelmütze trug.

»Gib mir deine Zipfelmütze!«, sagte ich.

»Warum sollte ich?«, fragte der Zwerg.

»Weil ich genau so eine Zipfelmütze schon seit Jahren suche, du Zwerg!«

Der Zwerg streckte die Zunge heraus, griff sich an die Zipfelmütze und rannte davon.

Was für eine schöne Zipfelmütze!

Als ich die Zipfelmütze nicht mehr sehen konnte, fragte ich mich, wie ich zu so einer Zipfelmütze kommen könnte.

Hätte ich es nicht besser anstellen können, dem Zwerg die Zipfelmütze abzuluchsen?

Warum habe ich den blöden Zwerg überhaupt gefragt, ob ich die Zipfelmütze haben kann, ich Depp!

Vielleicht hätte ich mir die Zipfelmütze einfach schnappen sollen, anstatt wie ein Trottel um die Zipfelmütze zu bitten.

So eine Zipfelmütze finde ich nie wieder.

Ich könnte mich ohrfeigen!

Warum habe ich mir die Zipfelmütze nicht einfach geschnappt?

Mit so einem Zwerg werde ich doch allemal fertig.

Der bekommt eine auf die Nuss und aus die Maus.

Und ich wäre jetzt der stolze Träger einer Zipfelmütze.

So aber stehe ich mit leeren Händen da, ohne Zipfelmütze.

Verdammt, ich hätte dem Zwerg die Zipfelmütze einfach wegnehmen sollen.

Und hätte er sich gewehrt, zack, einen Tritt in den Arsch oder an die Wand geklatscht.

So weit kommt es noch, dass ich einem Zwerg eine Träne nachweine.

Die schöne Zipfelmütze!

Ich bin ein schöner Idiot, dass ich mir die Zipfelmütze durch die Lappen gehen ließ.

Wer weiß, wann ich jemals wieder so eine Zipfelmütze finde.

Heute Nacht werde ich bestimmt von der Zipfelmütze träumen.

Wenn mir der Zwerg noch einmal begegnet, erschlage ich ihn und schnappe mir die Zipfelmütze.

Ich will diese Zipfelmütze!

## 14 oder Schöne Aussichten
*Zugfahrt Wien – Feldkirch,*
*23. März 2016, 12:30 – 18:56*

Ein Kirchturm: Pha! Vier Flutlichtmasten: Ja!

Auf der Hügelkuppe ein gelbes Haus, in der grünen Wiese davor ein schwarzer Vogel – über allem ein grauer Himmel.

Ein altes Ehepaar schaut den Zug an, als sei er ein Weltwunder.

Ein Traktor fährt über den Feldweg, wie die meisten anderen Fahrzeuge fährt er wahrscheinlich von A nach B.

Ein Fußballplatz ohne Fußballer, die Einsamkeit der Tore …

Die Autos in der Ferne wie Spielzeugautos. – Als Kind hatte ich ein James-Bond-Auto, bei dem konnte der kleine Beifahrer aus Plastik in die Höhe katapultiert werden (Schleudersitz), es hatte auch ausfahrbare Maschinengewehre.

Eine Sitzbank steht vor einem Kreuz, das auch steht – nur der Jesus am Kreuz, der hängt. Wie oft habe ich in meiner Jugend gehört: »Lass dich nicht hängen!«

Friedhof in einem öden Kaff. Dort will ich weder liegen, noch wen besuchen und schon gar nicht spazieren.

Nix los, Trauerkloß. In der Stadt schaue ich gern das Wochenprogramm durch, um zu sehen, was ich alles machen könnte, wenn ich Lust dazu hätte.

Ein Hund tollt durch die Wiese – endlich wieder mal was Schönes!

Ein Fußballplatz mit zwei Jungs und zwei Bällen – immerhin.

Plötzlich zwischen Wald und Wiese ein See, wo doch früher nie einer war. Sicher bin ich mir nicht. Wahrscheinlich war der See schon immer da, nur ich selber bin im Moment nicht ganz da … »Space cadet« nannte mich ein amerikanischer Freund vor vielen Jahren, als ich noch viel öfter abwesend war als heute.

Selbstbewusst gähne ich, nur nicht schwächeln.

Ein Gastgarten direkt am See ohne Gäste. Einmal dort sitzen und trinken, bis aus dem Wasser Seenixen steigen. Oder eine Giraffe.

Drei Wanderer mit Stöcken – ein infernalisches Trio!

Letztens hörte ich auf dem Weg zum Lebensmittelgeschäft plötzlich wie aus weiter Ferne das leise Gebimmel von Kuhglocken – ich dachte sofort an Bergwanderungen, Almen, unbeschwerte Kindheitstage, als mein Vater noch lebte und wir Würste über dem Feuer brieten … Das Kuhglockengebimmel kam aus meinem Einkaufskorb, in dem leere Flaschen und leere Metalldosen bei jedem Schritt aneinanderstießen.

Eine verwaiste Baumhütte.

An wie vielen Schnullern, die ich nicht gesehen habe, sind wir bereits vorbeigefahren?

Jetzt kommt bald wieder der Frühling, mir graust schon davor. Dann wird's wieder so hell, dass man überall den Schmutz viel besser sieht – den Dreck, den Staub! Und die Leute stinken wieder, noch mehr als sonst …

Eine Kletterhalle, in der ich nie klettern werde.

Autos, die ich nie umkippen oder anzünden werde.

Ein Wasserbecken, in das ich nie hineinspringen werde.

Kajak-Club, ohne mich.

So viele Käfer, die ich nicht sehen kann (falls sie um diese Jahreszeit schon unterwegs sind, die blöden Käfer, ich kenne mich bei Käfern nicht aus).

Wie so oft bei einer Zugfahrt muss ich an ein Gedicht von Elfriede Gerstl denken, in dem es u. a. darum geht, wie sie aus dem Zugfenster auf eine »verlauste landschaft« voller »bissiger bakterien« und »killerviren« schaut und froh ist, sich geschützt in einem Zugabteil zu befinden, das Gedicht heißt so schön: »natur – nein danke«.

Meine Mutter sagt mir am Telefon, sie kann mich leider nicht vom Bahnhof abholen, weil sie zur Chorprobe muss, aber sie habe mir was zum Essen hergerichtet. – Sehr gut!

Hinter einem Einfamilienhaus ein Wohnwagen. Wo der schon überall war?

Eine Mülltonne, schwarz, mit blauem Deckel, in die ich nie etwas hineinwerfen werde.

Eine Brücke über einen Bach, den man nicht sieht.

Berge, deren Namen ich nicht kenne, die ich nie besteigen werde.

Zurechtgeschnittenes, gestapeltes Holz am Waldrand – es zeugt vom Bemühen des Menschen um Sinn und Zweck und du bist weg.

Es liegt noch viel Schnee auf den Bergen, ich werde nie wieder Schi fahren. (Rückblick: Vor 100 Jahren sagte ich einmal: »Ich weigere mich, Schi zu fahren, weil ich Österreicher bin.« – So ein Depp war ich damals!)

Mehr Autos als Menschen und Tiere. Sehnsucht nach Menschenpark und Tierpark.

Die wahrscheinlich interessantesten Ortsnamen kann ich nicht lesen, weil der Zug viel zu schnell daran vorbeifährt. Wen soll das interessieren?

Und dieses Wetter immer! Wohingegen in der Großstadt laut Harry Mulisch das Wetter gar nichts verloren hat. In der Großstadt ist das Wetter powidl, das braucht dort keiner, es spielt nur eine äußerst untergeordnete Rolle.

Auf dem Klo zwicke ich mir mit dem Nagelzwicker ein frech aus der Augenbraue wegstehendes Haar ab: Haarzwicker. Haut an den Fingern zwicke ich mir mit dem Nagelzwicker auch oft ab: Hautzwicker.

Der Magen knurrt, ich werde ihn in ca. drei Stunden mit dem Essen, das mir meine liebe Mutter hergerichtet hat, besänftigen. (»Lieber Zug.« – Peter Handke)

Die Aussicht auf ein gutes Essen verschönert die Landschaft.

*Der kleine Zug* – so hieß eine selbst erfundene Geschichte, die ich meinem Kind oft erzählt habe, jeden Abend in einer ähnlichen Version ...

Ca. acht Minuten Verspätung, lautet der »Verspätungshinweis«. – Na bravo, da wird ja das Essen kalt! Hoffentlich lebt meine Mutter noch lange.

Dicht nebeneinander: Zug (ich), zweites Gleis (kein Zug), Weg (Radfahrer), Fluss (kein Schiff, Boot, Floß, Kahn, Schinakel, Dampfer ... Wie war das mit dem Sauerampfer bei Ringelnatz?).

Wartende Frauen am Bahnsteig, mit denen ich nie was haben werde, nicht einmal Bussi-Bussi oder Hallo. Wenn ich jetzt sagen würde, das tut weh, hätte ich wohl einen veritablen Dachschaden, also sage ich besser nix. Männer!

Aufsteigender weißer Rauch korrespondiert mit dem Schnee auf den Bergen. Triste Mehrfamilienhäuser, auch Blöcke genannt, korrespondieren mit dem Friedhof.

Wenn ich tot bin, werde ich die Sau rauslassen – auf dem Friedhof, warum nicht? Ihr werdet schon sehen! Von wegen ewige Ruhe, ohne mich!

Flutlichtmasten überragen die Schallschutzmauer, künden vom lebendigen Spiel inmitten tödlicher Erstarrung.

Nicht jeder Jesus ist ein Fußballer.

Nicht jeder, der ans Kreuz geschlagen wird, ist ein Erlöser, und schon gar kein Gottessohn, Heiland oder Wundertäter.

Gleich mehrere Pferde, quasi eine Herde.

Ein junger Mann mit Rucksack, der flotten Schrittes über eine Brücke eilt. Was gäbe ich nicht darum zu wissen, was er alles im Rucksack hat.

Eine Ruine – das war einmal eine Ritterburg, vielleicht eine Raubritterburg. Was gäbe ich nicht darum, bei einem wüsten Raubrittergelage dabei zu sein.

Wenn das stimmt mit dem Himmel, werde ich mir gleich nach dem Tod ein paar Zeitreisen wünschen (z. B. Raubrittergelage, Bauernkriege, Bern 1954 …). Wer an den Himmel glauben kann, sieht spannenden Zeiten entgegen.

Zu Jenbach fällt mir nur ein: Ach! Vor ca. 37 Jahren zeigte ich dort jemandem meine ersten Gedichte. Wie hieß der Jemand und was ist aus ihm geworden? Keine Ahnung, vielleicht ist er längst gestorben. (An seinen Körperbau, sein *Gestell,* erinnere ich mich, an sein Gesicht nicht.)

Ein Kran! Plötzlich sehe ich ihn wieder, wie ich ihn als Kind sah – staunend, mit großen Augen …

Ein LKW in einer Garage wie ein Tier in seinem Bau.

Eine rot leuchtende Ampel sticht heraus aus dem grauen Einerlei. Einst, als ich ein junger Mann war, verliebte ich mich frühmorgens in ein Verkehrsschild – bis über beide Ohren, wirklich wahr!

Ich bin fast geneigt zu sagen, im Tunnel ist die Aussicht am besten: Im Fenster neben mir wird jetzt die blutjunge bezaubernde erfrischende Schönheit vor mir gespiegelt. (Starren verboten!)

Wieder freie Sicht auf die öde Landschaft mit den tristen Häusern, den blöden Bergen, den einsamen Menschen …

Aus meiner Sicht könnte man das alles, was ich hier sehe, zuschütten oder in die Luft sprengen, versenken oder ins Weltall jagen.

Was für eine Trostlosigkeit! Wie kann man hier leben?

Die faden Häuser auf dem öden Hügel. – Wer will dort wohnen? Wer wohnt dort, womöglich freiwillig? Was sind das für Menschen? Ich bekomme Angst.

Manchmal bin ich ganz schön arrogant, auch dumm. Sei's drum!

Über der Baumgrenze ist gar nichts los. Eine Lehrerin hat mir vor kurzem erzählt, sie habe die Klasse gefragt, warum es auf Bergen ab einer gewissen Höhe keine Bäume mehr gebe, da habe eins der kleinen Mädchen geantwortet: »Weil die Bäume Höhenangst haben.«

Wald, hau dich über die Häuser! Und so wie ich beim Wetter immer an Harry Mulisch denke, denke ich beim Tannenzapfen immer an Friedrich Hebbel, seit ich bei ihm gelesen habe: »Der Tannenzapfen ist die Karikatur der Ananas.«

Gleich zwei Kräne – die sind wenigsten nicht alleine.

Gelegentliche Lichtblicke: Wirtshäuser.

Fußball: Gegenwart. Bier: Gegen Angst. – Bedenklich, bedenklich! Alles, was schön ist, ist auch gefährlich. Schlimme Buchstabenkombinationen: »Nie wieder« und »zu spät«.

Der Kuckuck und der Esel, die hatten einen Wickel …

In der Stadt gibt es viel mehr und interessantere Tiere als auf dem Land. Ich sage nur: Zoo.

Auf einer Mauer steht groß: »2016 WIRD / ALLES GUT« –

Endlich wieder was Erfreuliches!

»Holzhof Tinzl«, Ötztal – dort werde ich nie arbeiten. Eigentlich schade.

Ein Kirchturm wie aus einem Hütchenspiel.

Bagger schaufelt Erde von hier nach dort. Kindheit! Ich liebte Bagger, kann mich deutlich an das Gefühl erinnern, das ich als Kind hatte beim Anblick dieser starken riesigen kraftvollen mächtigen Fahrzeuge Maschinen … (Ich wollte immer ein Bagger werden, und was bin ich geworden? Ein Zniachtl.)

Und dann ist der Schnee auf einmal ganz nah.

Zugeschneiter Fußballplatz – besonders trostlos.

Es wird noch dunkler, Lichter da und dort.

Bings! Da unten im Garten am Ende des Dorfes durften wir damals unsere Zelte aufstellen bei unserer Fahrradtour rund um Vorarlberg. Damals: 1974, nach dem Finale der Fußball-WM, in dem Deutschland gegen Holland 2:1 gewonnen hat. Ich hasste das defensive Spiel der Deutschen, den Vogts, den Müller, ich liebte Johan Cruyff. Am nächsten Morgen, kurz bevor wir wieder aufbrachen, hörten wir aus dem Radio das Lied mit der Zeile: »It's hard to die when birds are singin' in the sky …« – Unvergesslich. Bings!

Mein Gesicht spiegelt sich im Fenster … Verdammt, so alt wie ich aussehe, bin ich doch gar nicht! Schlechte Glasqualität, die Geschwindigkeit verzerrt den Anblick, das Licht ist nicht ideal …

Bludenz – das Ziel ist nah. Hurra!

## *Zugfahrt Feldkirch – Götzis, 24. März 2016*

Kaum sitze ich im Zug, steigt Michael Köhlmeier zu. Von ihm habe ich das Buch *Idylle mit ertrinkendem Hund* aus Wien mitgenommen, um es zum dritten Mal auf einer

Zugfahrt mit Frau und Sohn (bei der Rückfahrt nach Wien dann) zu lesen. Köhlmeier kennt mich nicht, so bekannt bin ich in der Literatur-Welt. (Hätte ich vor 30 Jahren ausgeschlossen, dass er mich heute nicht kennt, denn damals sagte ich oft: »Der wird mich noch kennenlernen!« – So kann man sich täuschen.)

### *In der Küche meiner Mutter in Feldkirch, 25. März 2016*

Zeitungsschlagzeilen:
»Die Fußball-Welt trauert um Ikone. Die legendäre Nummer 14 ist tot« und: »Tiefe Trauer um ›König Johan‹ Cruyff. 68, einem Krebsleiden erlegen« …

## Sackhüpfen mit Vladimir

### *Ein Beitrag zum Thema »Verlegte Zeit« und zehn Jahre Czernin Verlag*

Der Freund, der vor Jahren zu mir gesagt hat, ich würde alt aussehen, hat das sofort bereut. Ich habe ihn dermaßen zusammengeschlagen, dass er noch heute unter den Folgen leidet. Unsere Freundschaft ist daran zerbrochen, aber was soll's, ich habe genug Freunde, da kommt es auf einen nicht an. Seit damals beginnt mein Tag immer damit, dass ich mir mit einer Pinzette die grauen Haare auf dem Kopf auszupfe. Ich betreibe Sport (Kniebeugen, Liegestütze), ich ernähre mich gesund (Obst, Gemüse), ich trinke viel (Wasser, Fruchtsäfte). Und zum Glück habe ich jetzt einen Verlag, bei dem nur junge Leute arbeiten. Das ist der reinste Jungbrunnen für mich. Ich werde bald 50, der Verlag zehn, und wenn der Verlag 50 ist, bin ich 90, wenn ich mich nicht verrechnet habe. Was ich wohl mit 90 schreiben werde? Vor vielen Jahren habe ich in jugendlichem Übermut unter dem Titel *Das Bäumchen im Hof* Folgendes geschrieben: »Darüber schreibe ich bestimmt nicht, dass ich über ein weißes Blatt Papier gebeugt bin und nicht weiß, was ich auf dieses weiße Blatt Papier schreiben soll. So ein Wichser bin ich nicht! Da schreibe ich lieber über das Bäumchen, das vor einiger Zeit in unserem Hof gepflanzt wurde. Ich fürchte, wenn das Bäumchen ein Baum sein wird, werde ich ein Männchen sein – ein altes, buckliges Männchen, noch sentimentaler als heute, verschroben und schrullig, mit wenig Geld in der Tasche, von diversen Krankheiten gezeichnet, einsam, vergesslich, selbstbezogen. Aber auf mein sogenanntes Alterswerk bin ich jetzt schon neugierig. Sie, die Sie hier diese Zeilen lesen, werden das vielleicht gar nicht mehr erleben. Ich habe keine Ahnung, wie alt Sie sind oder was das für ein Bäumchen ist, das seit einiger Zeit in unserem Hof steht. Jedenfalls habe ich vor weiterzumachen, bis es mich wegputzt von der Erdoberfläche, wo ich so gern Papier besudle – unschuldiges weißes Papier, wie sich manche, mit denen ich lieber nichts zu tun haben möchte, ausdrücken. Und vielleicht, wer weiß, werde ich noch irgendwann lernen, wie man Papierschiffchen macht.« – So schrieb ich vor vielen Jahren, das Bäumchen ist inzwischen ein Baum, aber ich bin noch lange kein Männchen. Daran lässt sich unschwer erkennen, dass ich keine Ahnung von Bäumen habe. Der Freund, der diesen kleinen Text in seiner Literaturzeitschrift veröffentlicht hat (Gerhard J.), braucht inzwischen nach einem Schlaganfall einen Rollstuhl, aber es geht wieder aufwärts. Vor kurzem hat er mir geschrieben: »es schleppt sich dahin, aber es war ja auch schon ganz anders. den rollstuhl lasse ich unbenützt lieber stehen, bin mit dem 4-punkt-stock mobiler, doch schrecklich langsam. als linienrichter bei einem schneckenrennen könnte ich vielleicht noch verwendung finden …« Ein anderer Freund (Peter B.), den ich vor kurzem getroffen habe, antwortete mir auf die Frage, was ihm zum Thema »Verlegte Zeit« einfällt, u. a.: »Das Wichtigste an der verlegten Zeit ist die Dehnungsfuge.« Zuvor hatte er lange gesprochen über Parkettboden, Mosaik, Zeit zum Nachdenken usw. Ich hab's nicht genau verstanden, hatte aber das Gefühl, dass er etwas Wesentliches gesagt hat … »Eine Minute besteht aus 60 Fragezeichen«, hat Vladimir Kazakov geschrieben, von dem ich später noch mehr zitieren will. In diesem Text hier geht es viel ums Schreiben, aber er ist schließlich für einen Verlag geschrieben worden. Ich war gerade in Vorarlberg, wo ich wieder einmal staunte, was die Kinder meines Bruders (Gerald F.) alles machen: Musik, Karate, Tennis, Theater u. a. Ich wohnte bei meiner Mutter in Feldkirch, wo mir ein altes Tagebuch in die Hände fiel, in das ich 1988 geschrieben hatte: »Ich werde mich nur noch auf HUGO konzentrieren, bis dieses Buch fertig ist.« – Heute, ca. 20 Jahre später, ist »dieses« Buch immer noch nicht fertig. Damals hatte es den Arbeitstitel *Hugo und all die anderen*, in der Folge *Die Frau, die den Anblick essender Männer nicht ertragen konnte*. Das Lustige ist, dass ich dieses Projekt, einen Abenteuerroman, immer noch mit mir herumschleppe und »irgendwann« abschließen möchte … Witz komm raus, du bist umzingelt! Noch lustiger ist, dass ich als Jugendlicher den Feldkircher Dichter Eugen Andergassen geradezu verehrte. In seinem Buch *Strahlungen* habe ich Folgendes angestrichen: »In den Ruinen der Zeit heult / der Zornwolf Vergängnis.« Solche Verse haben mir einmal sehr gefallen, das war im Jahre Schnee, dazu wieder Andergassen: »In dem schneeverwehten Boot / Küsst die Einsamkeit den Tod.« So was war für mich damals der leuchtende Gipfel der Dichtkunst. Ich schrieb zu der Zeit mit Herzblut in schlaflosen Nächten Zeilen wie diese: »Aus den Poren meiner Sehnsucht / quillt der Schmerz.« – Auweia, so habe ich damals gedichtet, ohne mich zu schämen, da war ich noch grün hinter den Ohren … Als Kind hörte ich immer wieder von einem »grünen Baum« reden, ich wusste nicht, was damit gemeint war. Dort, wo er sich befinden musste, dieser bestimmte grüne Baum, gab es viele grüne Bäume, da war ein bewaldeter Berg, und auf der anderen Seite vermutete ich Italien. Wir fuhren jeden Sommer nach Italien, das für mich hinter diesem Berg, der eher ein Hügel war, liegen musste. Der »grüne Baum« war natürlich ein Wirtshaus, das schon lange abgerissen worden ist. Ich war nie drin, aber immer wenn ich heute an der Stelle vorbeigehe, wo es sich einmal befunden hat, höre ich die Stimmen derjenigen, die früher hier gezecht haben … Ach, Zornwolf Vergängnis, heul doch nicht so! Ach, Eugen Andergassen! Der schon erwähnte Vladimir Kazakov war ein ganz anderes Kaliber, er wurde nur 50, ist 1988 in Moskau gestorben. »Der Zeiger der Uhr zeigt auf mich«, hat er geschrieben, und: »Die Uhrzeiger stehen auf Wahnsinn!« Der ebenfalls schon erwähnte Komponist Gerald F. sagte neulich in einem Interview: »Meine Hoffnungen für das Alter: dass ich endlich auf alle Konventionen pfeifen und tun kann, was ich will.« Wo er doch eh schon so unkonventionell ist, mein Bruder mit der losen Zunge, die so scharf sein kann, dass es eine Freude ist. Scheiß die Wand an, ich werde im Alter auch die Sau rauslassen. Da schreibe ich dann hemmungslos, zitiere wie blöd, schere mich um keine Regeln mehr, lasse meinem Klappergaul freien Lauf, stoße die Logik über die Klippe, fahre große Geschütze auf, Unsinn, Quatsch, geriatrische Spitzfindigkeiten, sprudelnde Senilität, wuchernde Demenz … Und mit 90 kaufe ich mir mein erstes Auto, das ich sofort zu Schrott fahre. »Seht ihr«, werde ich ausrufen, »das kommt davon!« Zum Glück sind wir keine Eintagsfliegen. Ein Mensch mit einer Lebenserwartung von 52 Jahren lebt 19 345 Tage, wenn ich mich nicht verrechnet habe. Mein Vater ist nicht einmal 19 435 Tage alt geworden, er ist mit 52 gestorben. Ich kenne eine Frau, die ist jetzt 81 und noch sehr lebendig. Mein Vater starb an einem 28. März, an einem solchen wurde Bohumil Hrabal geboren, aber das nur am Rande … Ich habe eine Methode entwickelt, um mein Leben zu verlängern. Ich stelle mir intensiv vor, dass ich nächstes Jahr 60 werde, und dann: Jippie, ich werde ja erst 50! – Schon habe ich zehn Jahre gewonnen. Das klappt, man muss es nur wollen. Eine ausgereifte Methode. Ein Gedicht, das ich vor kurzem geschrieben habe, heißt *An der Bushaltestelle* und geht so: »Als ich auf den 80A warte / Stelle ich mir vor / Dass ich auf dem Sterbebett liege / Wo ich mir plötzlich / Nichts sehnlicher wünsche / Als noch einmal / An dieser Bushaltestelle / Stehen zu können / Um in der Ferne / Bei der Brücke vorne / Den 80A auftauchen zu sehen / Wie er hält / Bei der vorigen Haltestelle / Und sich dann langsam nähert / Der schöne große 80A« – Es ist noch nicht ganz fertig, aber das bin ich selber auch nicht. Immer wenn ich mit dem Zug durch Bings fahre, halte ich Ausschau nach dem Grundstück, auf dem ich im Jahr 1974 an dem Tag, an dem das Finale der Fußball-WM stattfand, mit Freunden ein Zelt aufstellte … Nach dem Finale Deutschland gegen Holland, das 2:1 ausging (ich hielt alle Daumen für das offensive Holland und meinen damaligen Liebling Johan Cruyff), brachen wir zu einer Radtour auf. Was ich nie vergessen werde: Am Morgen, einem strahlenden Sommermorgen, hörten wir im Radio ein Lied mit der Textzeile: »It's hard to die when birds are singin' in the sky.« – Bings! Ich bin im Sternzeichen des Widders geboren, d. h. ich bin sexuell potent bis ins hohe Alter. Das habe ich jetzt schon öfters gelesen, dass Widder noch mit 100 einen hochbringen. Dazu fällt mir ein Witz ein, der einzige Witz, den ich manchmal erzähle, weil es auch der einzige Witz ist, den ich kenne, ich wundere mich jedes Mal wieder, dass niemand ihn kennt. Aber bevor ich den Witz erzähle, möchte ich noch ein Märchen erzählen: Es war einmal ein alter Sack (Vater) und ein junger Hupfer (Sohn), die warfen einander vor, sich nicht zu verstehen. Sie nannten es Sackhüpfen. Und wer dieses Märchen versteht, ist ein Schlaumeier. Solche Märchen erzähle ich im Greisenalter vielleicht *zuhauf*, um auch einmal dieses Wörtchen zu verwenden. Ich habe das zweifelhafte Glück, jünger auszusehen, als ich tatsächlich bin. Vor kurzem war ich auf einem Fest, über das ich in einer E-Mail u. a. Folgendes geschrieben habe: »nach der arbeit um 1 zu einem sog. atelierfest, wo mich gleich mal eine frau schlägt! besoffen von absinth trommelt sie mit beiden fäusten auf meine brust und schreit die ganze zeit: ›warum siehst du seit 15 jahren gleich aus! warum wirst du nicht älter! ich hasse dich!‹. ich erwidere: ›dafür hast du noch kein einziges graues haar‹, worauf sie noch fester zuschlägt und brüllt: ›die sind gefärbt, du trottel, ich hasse dich!!!‹«... Auf dem Sterbebett werde ich nach einem Sack verlangen. Aber vorher soll es Granada spielen. Was ich unbedingt noch erleben will? – Einmal in einem Bus, der sich im Bauch eines Flugzeugs befindet, das an Bord eines Schiffes steht, das übers Meer fährt, sackhüpfen. Das müsste doch zu machen sein. Jetzt aber der Witz: Eine alte Frau sitzt in einem Park, da fährt plötzlich ein nackter Mann auf einem Motorrad an ihr vorbei. Die Frau eilt zur nahe gelegenen Polizeistation und meldet empört, dass sie einen nackten Mann auf einem Motorrad gesehen habe. Der Polizist fragt: »Hatte er eine Erektion?«, und die alte Frau antwortet: »Nein, eine Suzuki.« Als ich zu einem Freund sagte, er sehe alt aus, hat er mich dermaßen zusammengeschlagen, dass ich noch heute Hirnsausen habe. »Merkwürdig, mein eines Bein ist drei Viertel sieben, mein anderes ist sechzehn vor links! Und ich selbst bin heute.« – Hoch lebe Vladimir Kazakov! Und ich selbst freue mich schon heute auf das 50-jährige Jubiläum des Verlags.

## Der Herr Pepi

Praktisch ersetzt der Wein die Schulbildung!

...

Hauptsache, wir haben einen Steifen!

...

Die Geburt ist der Leichenwagen, nein, der Kinderwagen des Todes.

Das Leben ist körperlich. Ohne Körper geht gar nichts. Ohne Körper kann man auch nicht lesen. Ich habe so viele Bücher gelesen, zwei Jahre lang habe ich nur gelesen.

Ein Glas Wein trinken und man hat eine Herzensbildung – nein, zwei Gläser.

Vor 15 Jahren habe ich 50 kg mehr gehabt als heute, alles hat geschwabbelt. Ich verstehe die Dicken, ich verstehe jede dicke Frau und jeden dicken Mann. Ich habe noch die Aura eines Dicken.

Die Frauen haben schon etwas. Als ich dick war, habe ich auch einen Busen gehabt, aber der war nicht so schön wie der von einer Frau. Die Frauen riechen auch besser als die Männer. Ich habe mich lange nur mit Wasser gewaschen, dann habe ich Hirschseife verwendet ...

Ich bin an einem Schaufenster vorbeigegangen, da habe ich mich von der Seite im Schaufenster gesehen, und dann bin ich zwei Jahre lang nicht mehr ausgegangen.

Ich habe einen gekannt, der hat niemandem gesagt, dass er Leukämie hat – der Poldi, er hat einen Würstelstand gehabt. Und dann hat er gemeint, Renovierung und so weiter, hat zugesperrt, und dann hat er auf einmal angerufen: »Hallo, Pepi, auf Wiedersehen, auf Wiedersehen!«, und ich habe mich gefragt, was hat er denn? Und dann ist er gestorben. Aber er hat keinem was gesagt von seinem Krebs. An den Poldi erinnert sich heute niemand mehr, und den Würstelstand gibt's auch nicht mehr. Ich bin oft nur zum Reden hingegangen.

Die ganzen Bücher, die ich gelesen habe, die haben mir nichts genützt. Ich weiß jetzt, das Leben ist körperlich. Ohne Körper geht nichts. Und ich bewundere Männer, die nie was gelesen haben. Die kommen her und sagen: »Was willst du?«, und dann hauen sie dir einfach eine rein. Die haben ihr ganzes Leben lang kein Buch gelesen. Ich habe zwei Jahre lang nur gelesen, und dann habe ich 50 kg weniger gehabt.

Der Wein schmeckt mir sehr gut. Die Christiane hat mir einen schönen Abend gewünscht. Ich habe gesagt, ich gehe nur eine dreiviertel Stunde weg, aber sie kennt mich besser. Dass ich sie getroffen habe, das war ein Glück. Ich habe eigentlich nichts mehr erwartet in der Hinsicht. Davor war ich schon auch manchmal mit einer Frau zusammen, und immer haben mich die Frauen verlassen. Ich habe nie ein Gefühl losgelassen. Ein Jahr nach der Trennung habe ich immer noch das Gefühl gehabt. Es ist dann erschlagen worden. Aber ich selbst habe nie ein Gefühl losgelassen.

Die Christiane habe ich auf der Straße gesehen, wir haben uns angeschaut, und dann haben wir uns zehn Tage später wieder getroffen. Ihre schönen blauen Augen, ihre *grünen* Augen! Sie hat mich von Anfang an ernst genommen. Das Leben ist einfacher zu zweit, es ist schöner zu zweit. Jahrelang habe ich nicht schlafen können, wenn jemand in der Wohnung war. Ich habe nicht schlafen können, wenn ich nicht allein in der Wohnung war. Jetzt ist es umgekehrt. Wir wohnen praktisch seit Jahren zusammen, aber ich habe meine Wohnung behalten. Eine Gemeindebauwohnung im

Achtzehnten in einem Haus, wo auch meine Mutter wohnt. Sie ist jetzt über 80, und sie gießt meine Pflanzen. Ich will die Wohnung nicht aufgeben, auch wegen meiner Mutter.

Früher war ich Fotograf, jetzt verkaufe ich Fotoapparate. Das ist, wie wenn einer ein Schwert kauft. Man kauft immer etwas für einen bestimmten Zweck. Ein Schwert oder eine Pistole, um wen umzubringen. So ist es mit den Fotoapparaten auch. Das Geschäft ist am Fleischmarkt. Viele kommen nur, um mit mir zu reden.

Ich habe nie Erfolg bei den Frauen gehabt, sie haben meinen Körper nicht gemocht. Und als Dicker wirst du nur gehänselt ... Ich habe mir überlegt, mich zu erschießen.

Aber ich wollte mich nicht binden, weil ich wollte immer nach New York. Ich habe mir gesagt, es muss immer so sein, dass ich aufstehen kann und gehen, ohne dass jemand traurig ist. Ich wollte nie jemanden traurig machen. Ich wollte nach New York, darum habe ich mich nicht gebunden, damit ich jederzeit aufstehen kann und gehen, ohne dass jemand traurig ist. Ich bin nie in New York gewesen. Ich bin hiergeblieben und alt geworden, jetzt bin ich 56. Nach New York oder nach London wollte ich, aber ich war weder da noch dort. An der Nordsee war ich mit Christiane. Husum, Sylt und so weiter. Wir sind über die Dünen gegangen, dann haben wir einen Streit gehabt, und ich habe meine Kamera ins Meer geworfen. Die ist kaputt gewesen. Aber das war mir egal. Wir haben uns versöhnt.

In einem Lokal waren einmal monatelang alle freundlich zu mir, haben mich eingeladen, ich habe mich dort wohlgefühlt, die waren total nett zu mir, ein türkisches Lokal. Und dann bin ich draufgekommen, warum sie so nett zu mir waren. Sie haben geglaubt, ich sei ein Polizist! Das habe ich nicht auf mir sitzen lassen können. Und als ich sie aufgeklärt habe, dass ich ein ganz normaler Mensch bin, haben sie mich rausgeschmissen.

Das Wort »tabu« ist ja ein indianisches Wort und heißt »unverletzlich«. Ich bin nie tabu gewesen.

Der Obstler wird aus Kraut und Rüben gemacht, nein, ich vertrage keinen Schnaps mehr, mir schmeckt der Wein, der schmeckt mir immer. Aus Äpfeln, Birnen und Zwetschken wird der Obstler gemacht, der Obstbrand. Ich habe morgen auch einen Brand. Aber ich bin noch nie zu spät zur Arbeit gekommen, obwohl mir die Kunden schon manchmal auf die Nerven gehen. Was die mir alles erzählen! Manche kommen nur zum Reden. Ich mag sie schon, die Menschen. Die Menschen sind in Ordnung, ich mag die Menschen, auch wenn sie manchmal deppert sind, aber das gehört zum Menschsein dazu.

Ich sage immer meine Meinung, weil ich dazu stehe. Dafür bin ich oft gehänselt worden, auch geschlagen. Ich bin nicht gerade mit dem Tod bedroht worden, aber ich stehe immer zu dem, was ich sage. Und ich mag die Menschen, auch wenn sie mir eine reinhauen. Die Menschen tun mir leid, ich habe Mitleid mit ihnen. Auch mit einem, der mir eine reinhaut. Mit so einem besonders. Einmal hat man mich so verprügelt, dass ich eine Woche lang im Spital war. Gehirnerschütterung, Nasenbruch, Rippenbrüche, Prellungen und so weiter.

Ich habe mich früher manchmal erschießen wollen, aber das ist vorbeigegangen. Ins Wasser gehen wollte ich nie. Ich habe meine Kamera ins Meer geworfen, aber wir haben uns versöhnt.

Der Wein schmeckt mir sehr gut. Praktisch ersetzt der Wein die Ausbildung. Aber ohne Körper geht nichts, das Leben ist körperlich. Hierher kommen nur schöne

Menschen, also innen schön, da fühle ich mich wohl. Das ist selten. Ich muss jetzt aber nach Hause, damit die Christiane nicht schon schläft, wenn ich komme. Ich rede manchmal zu viel, aber ich bin kein böser Mensch.

Der Wein bewirkt eine Herzensbildung, und ich sage immer, was ich mir denke.

Ich habe keine Angst vor niemandem. Und für die Christiane würde ich alles tun.

## Lieber Provinzfuzi!

Ich werde es nie verstehen, dass du die große weite Stadt verlassen hast, um in diesem öden kleinen Kaff zu versauern. Ich werde das in 100 Jahren nicht verstehen, da kannst du mir erzählen, was du willst. Aber jetzt erzähle ich dir mal was! In letzter Zeit kann ich mich nämlich über einen Mangel an Erlebnissen nicht beklagen, um's gespreizt zu sagen. Ich schwimme derzeit auf einer Welle, dagegen ist jede südliche Welle in irgendeinem blauen Meer an irgendeinem öden Strand ein Lercherlschas, von einer Welle in einem Tümpel in deiner Gegend ganz zu schweigen. Weißt du überhaupt noch, was ein Lercherlschas ist, du Gscherter? Ich kläre dich auf: Ein Lercherlschas ist keine Sache von herausragender Bedeutung, sondern eine Bagatelle, heiße Luft ... Hupf in Gatsch und schlage Wellen! – Mann, ich verstehe dich nicht! Aber bitte, jedem Tierchen sein Bierchen.

Apropos, wie geht es den Kühen und den Schweinen? Ich hoffe, sie haben genug Futter und sterben nicht an Langeweile, weil das soll sich fatal auf die Fleischqualität auswirken, habe ich gehört, du meine Fresse! Ich frage dich mit einem verzweifelten Unterton in der Stimme: Was ist langweiliger als ein majestätischer Berg, eine saftige Wiese oder ein frommer Bauer, der vom Wetter redet? Ich erwarte keine Antwort, weil dir wurde, mit Respekt gesagt, und anders kann ich mir die Sache nicht erklären, ins Hirn geschissen und dann nicht hinuntergespült. Und wer hat dir das angetan? Die Liebe! Natürlich die Liebe, die natürliche Liebe, natürlich – ich hasse sie, diese sogenannte Liebe! Und wer hat verhindert, dass gespült wurde? Auch diese gottverdammte Liebe – diese

Vereinigungs-Liebe, die zu den ganzen Scheidungen führt. »Spül doch, moin Kind«, oder so ähnlich heißt es bei Ernst Jandl, der hat auch nicht auf dem Land gewohnt, sondern ist sogar in der Royal Albert Hall in London aufgetreten, wo ich vor kurzem auch war, also in London. Zum Glück ohne Anhang oder so was, weil dann hätte ich nicht all die Abenteuer erlebt, die ich erlebt habe! Einmal saß ich zum Beispiel in einem Pub und trank gutes Bier bis zum Abwinken. Ja, in einer Großstadt lässt es sich herrlich leben. *Auf* dem Land, das sagt schon alles, wohingegen *in* der Stadt – das heißt: drin, und nicht drauf ... Du bist drauf und dran, einen Freund zu verlieren, aber du hast ja deine Liebe, dein warmes Nest und deinen unsäglichen Dialekt, in dem du dich bewegst wie ein Fisch im Wasser bzw. wie dir der Schnabel gewachsen ist: pieps, zwitscher, grunz.

Ich werde dir nie verzeihen, dass du von hier weggezogen bist und mich allein zurückgelassen hast, nur wegen einer Frau und weil du dich ins gemachte Nest setzen konntest. Ich verstehe schon, viele Probleme haben sich dadurch in Luft aufgelöst, aber zu welchem Preis. Erbärmlich! Du hast mich im Stich gelassen, und was noch schlimmer ist: auch alle deine Träume vom wahren, richtigen, erfüllten, tollen, freien Leben. Ich werde dich in Zukunft wegdrücken, wenn du mir ins Ohr jammern willst!

Aber ich wollte dir eigentlich erzählen, was hier so los war in den letzten Tagen. Wenn du jetzt sagst, auch in der Stadt wird nur mit Wasser gekocht, dann spitze mal deine Ohren, mein lieber Waldschratt, Kaffer, Hintertuxer. Koffer, haha, Vollkoffer – eine der Erklärungsmöglichkeiten für dieses hier gern verwendete Schimpfwort kommt ja von Kaff, Kaffer – Koffer! Du erinnerst dich doch an dieses schöne Schimpfwort ...

Gestern war ich auf einem Konzert von Drahdiwaberl. Sie haben hier gleich bei uns auf der Jesuitenwiese im Prater aufgegeigt, im Rahmen des alljährlichen Volksstimmefestes (Achtung, Altkommunisten, linkes Gesindel, rote Brut!), es war wie immer erhebend und erbauend. Es folgt ein kleiner Konzertbericht: 1. Der beste, lauteste und klarste E-Gitarrist Österreichs … 2. Die schönsten Bilder, die bei Live-Acts zu sehen sind, z. B. eine Frau, die zwei so gut wie nackte unheimlich fette männliche Fleischberge an der Leine herumführt, ihnen Tritte versetzt, dass sie zu Boden stürzen, dazu singt … 3. *Mulatschag*, so heißt die Schluss-Nummer, wo's immer Granada spielt! Ich deute nur an: Wunderbare Gitarre, einige Nackte, z.B. eine langhaarige blonde Frau, wegen der ich in der ersten Reihe stehen möchte – diesmal zog sie sich, nachdem sie sich die Kleider vom Leib gerissen hatte, einen Tampon aus dem Unterleib, warf ihn ins Publikum, onanierte wild, pinkelte dann, onanierte wieder – dazu immer dieser Höllensound! Mulatschag ist ungarisch und heißt ausgelassenes Fest, du Gscherter, Provinzheini, Familienpapi an der Leine von Frau Großverdienerin mit Geschäft, Haus, Erbe, Schwiegerfrauchen und Schwiegermännchen … Heiß wie die Sünde, das Teufelsweib auf der Bühne, und das hatte ich bisher noch nicht gesehen: Sie pisste nicht nur, sondern diesmal auch Hand in den Mund und Kotze, ein Schwall, und dann wieder Onanie, Gitarre sowieso, Schlagzeug und Gesang, viele Männer und Frauen auf der Bühne, auch der Frontmann mit Parkinson, Stefan Weber, kennt eh jeder (du vielleicht nicht), und wieder Finger rein und zack und Schwall … Apropos Finger, do you know *The Finger* von Frank O'Hara? Kennst du diesen amerikanischen Lyriker, würde mich interessieren, was deine Frau dazu sagen würde, ich übersetze mal was von ihm so auf die Schnelle mit links aus dem Gedächtnis: »Wäre doch lustig, wenn uns Der Finger so geschaffen hätte, dass wir nur einmal in der Woche scheißen müssten. Im Laufe der Woche würden wir fetter und fetter und dann am Sonntag, wenn alle in der Kirche sind: Ploop!« – Meine Ruck-zuck-Übersetzung ohne Gewähr aus dem Gedächtnis. Gehst du inzwischen wieder in die Kirche? Sitzt du auch wieder bei Kaffee-und-Kuchen-Kränzchen, wo man aufpassen muss, was man sagt, weil ein falsches Wort die Harmonie stören und für monatelangen Klatsch sorgen würde mit Auswirkungen auf Ehefrieden, Sexleben und Kinderglück, weil, so leid es allen tut, leider alles mit allem zusammenhängt, und zwar ganz drastisch, wie das halt so ist auf dem Land, im Dorf, im Gemüsebeet. Man sitzt bei Kaffee und Kuchen und erstickt langsam, das kennen wir doch! Frank O'Hara ist bei einem Strandspaziergang von einem Strand-Buggy überfahren worden, du gehst wahrscheinlich beim Spazieren mit einem Kinder-Buggy durch dein Drecksnest ein. Frank O'Hara ist auf Fire Island angefahren worden, das klingt anders als der unsägliche Name deines Dorfes, den ich gar nicht in den Mund nehmen will, und lesen tust du wahrscheinlich nur noch Heimatdichter! Weit hast du's gebracht, ich muss schon sagen. Was ist – schluchz – aus deinen Träumen geworden? Ich bin auch schon Mitte 40, aber schau mich an: Ich bin frei wie der Wind, ich blase um alle Ecken und wohin ich will, ohne auf irgendwen Rücksicht nehmen zu müssen. Ich mache mir nicht einmal mehr beim Schreiben die Mühe, »brav« zu sein. Du kannst das jetzt pubertär nennen, ich nenne es Großstadtluft! Die Stadt ist ein sprudelnder Jungbrunnen, das Land ausgetrocknete Blasmusik – ha! Nicht schlecht, was?

Und vor und auch nach dem Drahdiwaberl-Konzert ist es ja noch besser gewesen, weil bin ich gesessen auf diesem

Fest (Volkesstimmefest) im Budweiser Biergartl, um elf Uhr beginnt dort alle Jahre wieder die südböhmische Musikkapelle aufzuspielen, das ist eine Herrlichkeit, die Musikanten stehen in der Wiese, man spitzt die Ohren und die Herzen, trinkt Bier dazu, hört die Musik, südböhmische Musik mit einer Wehmut und Sehnsucht, und die schönen Ansagen in dieser schönen Sprache, Deutsch mit bissl tschechischem Tonfall und leicht verrutschte Syntax, dass man bekommt positive Gänsehaut, und es kommen Freunde und Bekannte, setzen sich dazu, man redet bissl, trinkt viel, gutes tschechisches Bier, dann isst man Wurst, und nach dem Drahdiwaberl-Konzert hab ich dort getroffen Freund, der hat mir gegeben Joe, und das ist auch schön gewesen, hab ich bekommen weiche Knie und Kopf, ABER DU TROTTEL BIST WIEDER NICHT DABEI GEWESEN, DU KOFFER!

Ich weiß nicht, ob du Geschichte kennst, wo liebe Freundin zum ersten Mal mit dem Wort »Koffer« zu tun gehabt hat? Sie ist nach Wien übersiedelt, der Mieter unter oder über ihr hat gemacht Krach und Lärm den ganzen Tag, hat seine kleine Tochter angebrüllt und was weiß ich. Irgendwann ist es Freundin, sie hat Rebecca geheißen, zu viel gewesen, hat sie sich Herz genommen und hat wollen Mann zur Rede stellen, aber dazu ist es nicht gekommen, weil kaum hat sie Mund aufgemacht, hat der liebe Nachbar gesagt, und ich mache Übersetzung für dich in das Hochdeutsche: »Du kannst ja nicht einmal gerade scheißen, du Koffer!« Das ist das erste Mal gewesen, dass sie »Koffer« gehört hat. Ja, so wird gesprochen in der Hauptstadt, da wird nicht mit Schwanz gewinselt, der eingezogen ist, sondern gesprochen Tacheles!

Ich verstehe es einfach nicht, dass du abgehauen bist, das werde ich dir nie verzeihen. Am Nachhauseweg von diesem

Fest habe ich dann noch einen kleinen Umweg gemacht durch einen Park und da habe ich einen nackten Schwanz gesehen, hätte ich sehen können viele nackte Schwänze, du verstehen? – Hast du in deinem gottverlassenen kreuzbraven biederen Kaff schon mal Schwänze gesehen? Und ich rede nicht von gottverdammten Hunde-, Katzen- oder Kuhschwänzen, sondern von erigierten Männerschwänzen! Okay, du hast recht, ich sollte besser *halberigiert* schreiben. Aber ich werfe hier Perlen vor die Säue, wie man sagt, und Ende.

Sei glücklich mit deiner Frau, deinen Kindern und all den anderen. Bist du eigentlich schon Mitglied im Verein zur Pflege des Dorfes? Oder im Verein der visionären Dorferneuerer? Keine blauen Blumen in den Blumenkisten, weil Romantik schön und gut, aber mit so Gruftis wie Novalis usw. will man dann doch lieber nix zu tun haben, habe ich recht?

Wenn ich ein Kind hätte, bla bla, aber das Kinderkriegen überlasse ich lieber solchen Menschen wie dir.

Ich erhebe mein Glas auf dich, du wirst schon wissen, was du tust …

Der Finger möge ein Auge auf dich haben!

Alles Liebe,
dein Großstadtfatzke

PS: HILFE!

# Lieber Exzedent

melde gehorsamst, dass ich gerade auf meinem Kavalett gelegen bin, wo ich lautstark gesungen habe: Kde domov muj.

Meine Konnexionen zum Funebrak, der auch als Kynologe tätig ist, sind oft ein akkurates Malör. Hat mir Demijohn mitgebracht, war Kontuschovka drin, bin ich fast geworden ein Daltonist. Außerdem war Subordinationsverletzung, hab mich sakramentisch getäuscht in einem Rindvieh, dem ich aus der Schlamastik helfen wollt, was er gehabt hat mit Milatschku. Melde gehorsamst, so ist es immer: Der Mensch möcht ein Gigant sein und ist ein Dreck.

Immer Subordinationsverletzung, Meuterei und Widersetzlichkeiten. Soll ich machen ein Epopöe oder besser Interpellation wegen Verhalten von Buserant, der nicht geradeaus marschiert, was man Anabasis nennt. Blasen sich auf, die Hamster, aber sind Rindviecher und Ochsenfrösche. Wann werdet ihr platzen, Ferkel!

Himmellaudon, hat Zeiten gegeben, alter Schöps, wo wir zwei Tage gesessen sind, und je mehr wir getrunken haben, desto nüchterner waren wir, und dabei haben wir ununterbrochen Bier, Wein, Likör in uns gegossen. Bin ich wegen Blödheit superarbitriert worden und noch dazu wegen notorischer. Denn nichts darf überpapriziert oder übermuschkatiert werden! Hat eine Nachbarin gesagt, die was ich getätschelt hab, Milatschku, hat gesagt: »Na, hübscher Junge, komm bissl titschkerln.« War eine ungewöhnliche Delikatesse. Wegen solcher Sekkaturen werd ich nicht ganz beteppert, aber hätt fast die Nase zwischen den

Augen vertrunken ... Die Mädels waren verdammt fesche Kröten, solche dickwadigen, mit großen Popos, großen Hüften und Augen. Ja, wir sind keine Obsthüter! Hab ich gesagt zu einem von der Mameluckenrotte, die auch da war, hab ich gesagt: Pfeifendeckel, abgestorbener Gehirnstrudel! Woditschko war, wie ich sage zu Kelch, wie die Wiener sagen Kelch zu Streit, weil ich kenne einen Woditschka, den ich getroffen hab in einem Lokal, das heißt Kelch, wo wir getrunken haben Großpopowitzer, na Bojischti. Und bei der Besceda waren die Mädels dann ganz beteppert davon, sind heruntergerutscht, wie wenn's ein Toboggan wär. Hab ich eine dumme Urschel auf den Gang geführt und ordentlich verwichst. Milatschku macht oft Woditschko, besonders wenn viel Kontuschovka. Was die Brüste betrifft, das war nix. Sie ham sich ihr bis am Nabel herumgewälzt wie einer abgeschleppten Flunder. War keine Meerjungfrau, war eine Schweinerei, hab ich keine Einwände gegen das Protokoll gehabt. Wenns auch war, wies halt war, irgendwie wars, denn noch nie wars, dass es nicht irgendwie war. Aber wenn jemand auf einmal anfängt, sich ins Philosophieren einzulassen, draus stinkt immer ein Delirium tremens. So kann man sich oft sakramentisch täuschen, so wie mit Rindvieh und Milatschku, die Männer auf Paternität geklagt hat.

Auf meiner Zahnbürste steht: »Viribus unitis«, das heißt: mit vereinten Kräften. Hat mir auch gegeben der Funebrak, dem ich auch geholfen hab aus der Schlamastik, wie er beschwipst war akkurat von Kontuschovka. Hab ich gesagt: »Hab doch bissl Grütze, auf alles is genug Zeit.« Hat sackumpack alles verspielt in seiner Kemenate. Aber ich muss sagen, ich hab das sehr gern, wenn Leute so blödeln wie verrückt. Einmal haben uns auch so

Fräuleins mit Bier traktiert, und wir haben uns vor ihnen in eine Kanne mit Bier ausgepischt. Haben wir Kaufzwick gespielt, dann bissl titschkerln, so geht die Tachiniererei, aber melde gehorsamst, dass ich nirgends keine Agitation nicht getrieben hab. Also, sakra, der Teufel soll das alles buserieren!

In der Meschuggenabteilung hab ich mich gemeldet zur Rekognoszierung. Die Fräuleins verstehen davon so viel wie eine Ziege von Petersilie und schmatzen, wie wenn ein Igel Schaben jagt. Schweinebande, Rindviecher, alle total besoffen von Arrak, Maraschino, Kognak und Wacholderbranntwein aus Holzspiritus. Ich wundre mich, dass ich das saufen kann. Die Leute erfinden verschiedene Schweinereien und trinken sie wie Wasser. Man muss immer aufpassen, sage ich, damit man sich nicht plötzlich in einer Schlamastik befindet, was man Katastrophe nennt. Und was Italien betrifft: das Fressen dort unten, lauter Polenta und Öl. Kein Kontuschovka, aber jeder kann nicht gescheit sein. Hab ich gesagt: »Die Dummen müssen eine Ausnahme machen, weil, wenn jeder gescheit wär, so wär auf der Welt so viel Verstand, dass jeder zweite Mensch davon ganz blöd wär.« Der Konservatorist, er war geschnapst, hat gemeint: »Die Hauptsache is, klar sprechen.« Bitte zu konstatieren, dass ich zum dritten Mal beleidigt wurde. Melde gehorsamst, Gerechtsamkeit ist eine Seltenheit, und die größten Schädlinge für die Kultur und den Charakter sind die Feiglinge wie dieser heilige Aloisius, von dem erzählt wird, dass er, als er gehört hat, wie ein Mann einen Furz ließ, zu weinen begann und sich nur durch ein Gebet beruhigen konnte. Hätt ich gesagt: Halts Maul, du Elender, du Bestie! Hab ich einmal geträumt, da waren überall Häuflein von Menschenkot internationalen Ursprungs aller Völker …

Jetzt muss ich aber aufhören, weil der Funebrak hat wieder Demijohn gebracht mit Kontuschovka. Werde ich die Nase vertrinken, damit ich gut schlafen kann in Kavalett.

Gehorsamst
der brave Briefschreiber Fucek

PS: Das war jetzt hauptsächlich aus dem »Schwejk«. Um alles zu verstehen, musst du lesen das Buch. Exzedent heißt z. B. Unfugstifter … War sehr traurig, als ich fertig gewesen bin mit dem schönen Buch, weil Jaroslav Hašek so früh gestorben ist. Überlege mir, Tschechisch zu lernen, dann geh ich auf Lepschi in Prag, Brünn, Nymburk usw., wird das eine Herrlichkeit!

## Der Schöpfer bedankt sich bei seinen Geschöpfen für ihre schöpferischen Leistungen

*Zu Bildern von Thomas Palme*

In den Nächten habe ich eigentlich immer alles gut gemacht, nur untertags ging oft was daneben. Ich schließe daraus, das Tageslicht bekommt mir nicht, obwohl das natürlich Quatsch ist. Daniil Charms hat einmal gemeint, ihn interessiere nur der Quatsch. Deshalb ist er wahrscheinlich in einem Gefängnis vergessen worden und dort verhungert. Mir geht es um einiges besser als diesem Russen, der Thomas Palme nicht gekannt hat, weil er noch gar nicht geboren war. *Thomas Palme* war noch nicht geboren, um keine Missverständnisse aufkommen zu lassen. Charms hätte es gefallen, den Palme zu sehen, dem Messer, Gabel und Löffel aus dem Kopf stehen, auf dem er quasi ein weißes Häubchen trägt. Palme sieht dabei aus wie ein Pirat, mit dem nicht zu spaßen ist, die Nasenlöcher fast so groß wie die Augen, aber natürlich weit und breit keine Augenklappe. Über die Seefahrt wird noch zu sprechen sein, ich war nie tollkühn und verwegen, du meine Güte, um nicht zu sagen, Fresse. Mein Bett befindet sich auf einem Baum, ich verstehe mich gut mit den Vögeln. Als mich jemand einen Halsabschneider nannte, zeigte ich ihm die Hälse in meinem Kühlschrank. Der Mund ging nicht mehr zu. Aber jetzt zu etwas völlig anderem. Kyllä, kyllä, sagt der Finne. Eine gewisse Internationalität muss gewährleistet sein. Meine Meinung. Die Nächte im Baum haben was, die Vögel sind auf meiner Seite. Manchmal erzählen sie mir kleine Märchen. Es war einmal eine Schönheitskönigin, die kletterte auf meinen Baum.

Oben angelangt, rief sie, dass sie ein reifer Apfel sei und ließ sich zu Boden fallen. Ich spendete ihr tosenden Applaus, soweit mir das als Einzelperson möglich war. Ich komme gelegentlich in den Märchen vor, die mir die Vögel erzählen. Und auch die Blätter des Baumes erzählen mir was, es sind keine unbeschriebenen Blätter. Ich habe eine Trillerpfeife, die kann ich gut gebrauchen. Kommt uns ein böser Hund zu nahe, lasse ich ihn zusammenzucken. Es war einmal ein guter Schnaps, der sagte, er wäre gern alkoholfrei. Daraufhin nannten ihn seine Mitschnäpse ein hundertprozentiges Weichei. Krank bin ich nur untertags, in der Nacht sind alle Hälse lang. Es gibt zum Beispiel Friedhöfe, die können sehr schön singen. Im Märchen ist oft alles anders als im sogenannten Leben, das sich in meinem Fall zeitweise auf dem Rücken der Esel abspielt, um einen kleinen Scherz zu machen. Nackte Frauen muss man beißen, sie werden nicht gern abgeschleckt. Meine Erfahrung. Zwischen den Brüsten herrscht oft eine Spannung, die sich im besten Fall dadurch auszeichnet, dass sie eloquent ist. Es war einmal ein Bauchnabel, der hieß Abel. Zum Glück befand sich das Bein, das Kain hieß, in sicherer Entfernung. Auch im Bett ist oft alles anders. Reiße mir die Flügel aus, ich will auf einem weißen Hund reiten. Es war einmal ein Reiter, »der saß hoch aufgerichtet auf dem goldenen Rücken einer Orange«. Das war in einem Gedicht von dem Griechen Jannis Ritsos. Es liegen viele Bücher neben meinem Bett im Baum. Von dort oben ist die Aussicht besser, das ist eine Binsenweisheit ohne Ende. Irgendwann werde ich ein Baumhaus bauen, eine Galerie, eine Baumgalerie, und darin stelle ich Bilder von Thomas Palme aus. Zugänglich ist die Galerie nur über eine Leiter, oder ich baue eine Stiege, damit sie bequemer erreicht werden kann. Die Ausstellung selbst ist unbequem genug, da kann man sich nicht hineinlegen und schnarchen, dass die Wände wackeln. Und durch ein Bild von Palme kommt man zu einer zweiten Stiege, die wiederum führt durch einen Weinkeller in eine Tropfsteinhöhle. Große böse Welt für alle, unterirdisch spielt es sich ab, hinter dem Gekritzel verbirgt sich das Unglaubliche. Als Kind glaubte ich an den lieben Gott, heute glaube ich an Wildschweine Wildkatzen Wildmäuse. Palme beißt manchmal zu, um tiefere Einblicke zu bekommen. Seine Zähne haben Augen, seine Augen haben Biss. Hoch lebe der Augenschmaus, Blut lügt nicht: Über Palmes Schläfen Wangen rinnen quasi weiße Tropfen Blut, Spezialblut. Das hat eine gewisse Poesie. Messer, Gabel, Löffel, Licht, sind für große Zeichner nicht. So ein Schmarren! Es war einmal ein Kind, das spielte am liebsten mit Totenköpfen, was seine Eltern total in Ordnung fanden, denn sie selbst spielten auch gern mit Knochen. Wer sich wiederholt, lebt länger. Thomas Bernhard ist quasi unsterblich. Das Leben ist keine Friedensbewegung. Es war einmal ein Wanderer, der wanderte bis zum Untergang. Der Mond heulte einen Wolf an, die Glatze träumte von besseren Zeiten, als die Oma noch auf ihr Schlittschuh lief. Ich ziehe das Kluge dem Ausgeklügelten vor, das Ungebügelte dem Gebügelten. Meine Unsicherheit, meine Widersprüchlichkeit. Mit dem Bügeleisen in der Hand fühle ich mich unbezwingbar. Es war einmal ein Zahnstocher, der glaubte, der Herrscher der Welt zu sein. Ein Zeichenstift konnte darüber nur lachen. Ahoj, ahoj, sagt der Tscheche und lädt Palme auf ein großes Bier ein. Die Feinde seiner Kunst sollte man kielholen lassen oder zumindest nach Kiel lotsen, um ihnen die Augen Ohren Herzen aufzumachen. Es war einmal ein kunstsinniger Versicherungskaufmann, der schnappte sich einen Schwan und malte ihn schwarz an. Um den Hals hängte er dem Schwan einen Zettel, auf dem geschrieben stand: *Hommage à Thomas Palme*. Aber das sind Abstrusitäten, so kommt man auf keinen grünen Zweig, ich lache mir einen Ast. Abgelutschte Redewendungen, mit dem Stift aufgeraut, aufgekratzt, aufgerissen … Herzlich willkommen, ich lege den roten Teppich aus, Kompliment, Hut. Es war einmal ein Schwan, der schnappte sich einen Dichtersmann und malte ihn weiß an. Bravo, Schwan, so muss man es machen! Ich hoffe, der Baum wird nie gefällt. Niedlich. Mögen sich alle Finnen, Tschechen, Deutschen und Österreicher, beiderlei Geschlechts selbstverständlich!, in Kiel wenigstens *einen* schönen Abend machen, in der Gegenwart schwelgen. Es war einmal einer, der saß am Ufer des Flusses Ussuri in der Mandschurei und träumte dort vom Fluss Missouri. Auch so ein Vogel! Tandaradei, sanc diu nahtegal.

# Der Nagelzwicker

Walter Chmelar, der in seiner Jugend WC gerufen wurde, hielt es nicht länger aus. Er lag im Bett neben seiner Frau, die schon lange schlief, während er sich hin und her wälzte. Seine elfjährige Tochter schlief im Nebenzimmer, das nur durch eine dünne Tür vom Elternschlafzimmer getrennt war. Walter Chmelar stöhnte, es war ihm zu eng und zu warm, er griff im Dunkeln nach seiner Kleidung, um notfalls noch außer Haus gehen zu können, falls ihm die Katze, die den Rest der Wohnung, nämlich Küche, Vorraum und Wohnzimmer beherrschte, unerträglich sein würde. Die Katze, der seine Tochter den Namen Wickie gegeben hatte, weil sie ihrer Meinung nach ein ebenso helles Köpfchen hatte wie dieser schlaue Wikinger-Knirps, fühlte sich wahrscheinlich in ihrer Nachtruhe gestört, tobte herum, kratzte am Sofa, machte unsägliche Geräusche, eine Art Heulen und Miauen, sodass Walter Chmelar, der wusste, dass sich weder Bier noch Wein in der Wohnung befanden, nichts mehr in derselben hielt. Als er sich anziehen wollte, bemerkte er, dass die Unterhose fehlte, Socken gab es auch keine, aber die waren nicht so wichtig, und auf die Unterhose konnte er eigentlich auch verzichten. Zurück ins Schlafzimmer wollte er nicht, weil dabei die Gefahr bestanden hätte, seine Frau zu wecken. Es war das erste Mal, dass Walter Chmelar die Wohnung ohne Unterhose und ohne Nagelzwicker verließ.

Es herrschte eine kühle Septembernacht, den ganzen Tag hatte es geregnet, der Sommer war endgültig vorbei, auf dem Gehsteig lagen nasse Blätter, ein starker Wind blies durch die Häuserschlucht, und Walter Chmelar fröstelte leicht, was vielleicht auch daran lag, dass er weder Unterhose noch Socken trug. Er steuerte ein Lokal an, das ganz in der Nähe lag, von dem er wusste, dass es bis vier Uhr geöffnet hatte.

Walter war jetzt Anfang 40, sein Bauchumfang hatte in den letzten Jahren deutlich zugenommen, auf dem Kopf zeigten sich spät, aber doch die ersten grauen Haare, die er zeitweise mit einer Pinzette entfernte, soweit sie ihm zugänglich waren, die Falten auf der Stirn wurden auch immer tiefer, aber am meisten störte ihn, dass seine Männlichkeit nicht mehr so funktionierte, wie er es gewohnt war. Daran wollte er jetzt nicht denken.

»Wäre das mit dem Nagelzwicker nicht passiert«, sagte er plötzlich vor sich hin, »würde ich tief schlafen!« Er lachte laut auf, um gleich darauf zu verstummen, eine Zigarette hervorzuholen und sie gierig zu rauchen. Nach den ersten Zügen begann er zu husten, dass die Blätter auf dem Gehsteig aufgewirbelt wurden, was in Anbetracht ihrer Nässe ziemlich verwunderte. Drei Monate hatte Walter ohne Zigaretten ausgehalten, seit zwei Wochen rauchte er wieder, sehr zum Leidwesen seiner Tochter und seiner Frau, die ihm durch ihre ständigen Vorwürfe ein schlechtes Gewissen machten. Seit kurzem gab er sich Mühe, wenigstens in der Wohnung nicht mehr zu rauchen, was ihm besonders schwerfiel, weil es ihn dort am meisten nach Zigaretten verlangte.

Das Lokal war nicht gut besucht, aber verraucht, weil sich kein einziger Nichtraucher unter den Gästen befand und die Entlüftungsanlage ein Witz war. Walter setzte sich an einen freien Tisch, bestellte bei der unfreundlichen Kellnerin ein Bier und schaute hinüber zu der Tür, über der groß WC geschrieben stand. Wann hatte das aufgehört, dass er WC genannt wurde? Nachdem der Kontakt zu seinen

Klassenkameraden abgebrochen war. Er fragte sich, warum er zu keinem einzigen von ihnen mehr Kontakt hatte. Einige lebten doch auch hier in der Stadt, von einem wusste er sogar, dass er ganz in der Nähe wohnte. Einmal hatte er ihn in der U-Bahn getroffen. »Hallo, WC«, hatte der sofort gesagt, ein gewisser Gunnar, der komischerweise den Spitznamen Gaggl gehabt hatte. »Servus, Gaggl.« Das kurze Gespräch, Gaggl musste nach zwei Stationen aussteigen, endete damit, dass man sich doch einmal auf einen Kaffee treffen könnte. Daraus wurde natürlich nichts.

Ich hasse die Wohnung, dachte Walter. Er nahm das Glas, hob es an die Lippen und setzte erst nach mehreren Schlucken ab. Am liebsten hätte er laut »Ahhh!« gesagt, stattdessen sprach er den allein sitzenden Mann am Nebentisch an: »Sind Sie mit Ihrer Wohnung zufrieden?«

»Hast du Probleme?«, erwiderte der Mann, ein kleiner, dicker Herr um die 50, mit Vollglatze und einem Glas Wein vor sich. Hinter ihm an der Wand hing ein Ölgemälde, das eine Alpenlandschaft mit Berghütte und einem kleinen See zeigte.

»Und wie!«, sagte Walter und zündete sich eine Zigarette an. »Heute hat meine Frau meinen Nagelzwicker verlegt. Sie behauptet, sie habe ihn mir zurückgegeben, aber davon weiß ich nichts. Kann natürlich sein, dass die Wohnung ihn verschluckt hat. Fest steht, meine Frau hätte besser aufpassen müssen!«

»Meine Wohnung verschluckt mit Vorliebe Socken, aber das kennst du bestimmt auch.«

Walter hustete. »Socken sind mir egal, aber mein Nagelzwicker nicht.«

Walter fragte den dicken Herrn, ob er sich zu ihm setzen dürfe, der darüber nicht besonders erfreut schien.

Walter stellte sich vor, wobei er auch, was ihn selbst wunderte, seinen früheren Spitznamen erwähnte. Dadurch wurde allerdings jäh das Eis gebrochen, denn es stellte sich heraus, dass der dicke Herr ihm gegenüber Peter Cerny hieß und früher PC genannt wurde. Daraufhin gab WC eine Runde aus.

»Irgendwie seltsam«, sagte er nach einer Weile, »dass ich heute so oft an meinen früheren Spitznamen denken muss. Seit mehr als 20 Jahren nennt mich niemand mehr so.«

Dem dicken Herrn erging es ähnlich, allerdings erst seit ein paar Minuten, wie er meinte. Er sei immer froh gewesen, nicht Pezi genannt zu werden. Dann erkundigte er sich nach dem Nagelzwicker, und Walter ließ sich nicht lange bitten.

»Ich habe den Nagelzwicker vor ungefähr zwei Jahren in Hamburg gekauft, kurz vor einem Treffen mit einer gewissen Ulli, die nur wegen mir nach Hamburg geflogen war, aber das ist eine lange Geschichte. Der Nagelzwicker war übrigens der teuerste Nagelzwicker, den ich jemals gekauft habe.«

»Jetzt bin ich neugierig geworden«, sagte PC und stützte sein Kinn in beide Hände, wobei er einen gelangweilten Eindruck machte.

»Okay, mein Freund, dann wirst du auch verstehen, warum ich heute Nacht Frau und Kind verlassen habe, und warum ich schuld daran bin, dass Ulli jetzt ein Kind hat mit einem Mann, der ihretwegen von Hamburg hierher übersiedelt ist, und alles nur wegen mir. So schaut's aus! Von einer großen Stadt in die andere. Kennst du auch Leute, die immer sagen, in der Stadt hätten sie eigentlich gar nichts verloren, sie seien hier kleben geblieben, würden viel lieber auf dem Land leben, in intakten Dorfgemeinschaften, wie es so schön heißt …«

»He, sprichst du von mir? Aber das ufert jetzt ein bisschen aus, du kannst wohl das Wasser nicht halten?«

»Ein Hellseher!«, rief Walter Chmelar, während er rauchte und hustete.

»WC defekt«, sagte Peter Cerny und fügte spöttisch hinzu: »Wann höre ich wieder den Erzählfluss rauschen?«

»Es war so: Der Nagelzwicker hat eine große Bedeutung für mich, und wenn er nicht wiederauftaucht, muss ich meine Frau verlassen, weil ich ihr den Verlust nicht verzeihen könnte. Und die Enge der Wohnung, auch ihre Dunkelheit, weil Parterre, liegen mir auf der Brust, so wie heute, dass ich eben nicht schlafen konnte und noch hinausmusste, um mit solchen Typen wie dir zu reden ...«

»Nagelzwicker!«

»Wie gesagt, in Hamburg gekauft, relativ teuer, ein besseres Stück, kurz bevor ich Ulli getroffen habe. Sie sagte, wenn ich wieder mal nach Hamburg fahre, würde sie auch nach Hamburg fahren, weil sie dort früher mal zwei Jahre gelebt hat. Und dann fuhr ich nach Hamburg und musste ihr versprechen, die letzte Nacht mit ihr zu verbringen, weil ihr Rückflug ungefähr um sechs Uhr war, also habe ich ihr versprochen, diese Nacht mit ihr zu verbringen. Aber dann traf sie ihren Hamburger Exfreund, und da funkte es wieder zwischen den beiden, ich wusste gar nichts von einem Exfreund, der jetzt die Nacht mit ihr verbrachte, beide leben jetzt hier, er ist übersiedelt, hat in Hamburg alle Zelte abgebrochen, und ich sehe sie so gut wie nie, aber es geht ihnen gut, glaube ich. Aber ehrlich gesagt, ich habe keine Ahnung, wie es ihnen geht.«

An dieser Stelle trat ein längeres Schweigen ein.

»Ich wohne bei meiner Mutter«, sagte PC plötzlich. »Es tut gut«, fuhr er mit gebrochener Stimme fort, »wenn jemand da ist. Wenn einem jemand über den Kopf streicht, während man sich übergibt …«

WC ging nicht darauf ein. »Und heute«, nahm er hustend den Faden wieder auf, »habe ich meiner Frau den Nagelzwicker gegeben, aber nicht zurückbekommen. Ich fühle mich verloren ohne Nagelzwicker, das macht mich krank. Wie oft ich ihr schon gesagt habe, dass ich den Nagelzwicker immer sofort zurückhaben will, wenn sie ihn nicht mehr braucht! Und heute verliert sie ihn, verlegt ihn, und hat auch noch die Frechheit, mir ins Gesicht zu sagen, sie hätte ihn mir zurückgegeben!«

In Walter Chmelars Gesicht zuckten diverse Muskeln, er trommelte mit den Fingern auf die Tischplatte, er rauchte und hustete.

»Was wir zwei schon alles erlebt haben, der Nagelzwicker und ich, wo wir schon überall gewesen sind! Und wie oft er mir schon geholfen hat, in vielerlei Hinsicht … Ich weiß nicht, was ich tue, wenn der Nagelzwicker nicht wieder auftaucht. Abgesehen von seiner Nützlichkeit, bedeutet er mir emotional sehr viel … Ich traue meiner Frau sogar zu, dass sie ihn aus Eifersucht verschwinden lassen hat – ein schrecklicher Gedanke, weil eigentlich habe ich ja immer noch die Hoffnung, dass er sich irgendwo in der Wohnung befindet. In dieser verdammten Wohnung in dieser verfluchten Stadt, die keinen Hafen hat wie Hamburg, dass man ein bisschen mehr Luft bekommen würde!«

Peter Cerny starrte in sein Glas.

»Ich träume manchmal davon, in einem kleinen Dorf zu leben«, sagte er unvermittelt. »Ich kenne alle, alle kennen mich, es scheint immer die Sonne, die Kühe geben Schokolade, die Madln und Dirndln sind alle unterwürfig und willig, und wenn ich kotze, streicht mir der Pfarrer über den Kopf und sagt, ich komme in den Himmel.«

»Was ist, soll ich jetzt meine Frau verlassen oder soll ich sie erschlagen? Auf das Verlieren meines Nagelzwickers steht nun mal die Todesstrafe, daran gibt es nichts zu rütteln. Ulli wäre das nie passiert!«

»Es reicht!«, sagte Peter Cerny, stand abrupt auf und stieß dabei so heftig gegen den Tisch, dass Bier- und Weinglas zu Boden fielen. Er nahm keine Notiz davon, sondern stürzte zur Tür. Kurz darauf ein dumpfer Schlag, ein Scheppern, Quietschen, Klirren … Alles lief sensationslüstern und schaulustig auf die Straße, endlich was los!, nur Walter Chmelar blieb auf seinem Platz.

»Auch kein stimmiger Charakter«, sagte er leise, während er sich mit beiden Händen die Schläfen rieb, weil ihn plötzlich starke Kopfschmerzen quälten. Und wenn er gewusst hätte, wo sich zu diesem Zeitpunkt sein Nagelzwicker befand, wäre es ihm auch nicht besser gegangen. Der Nagelzwicker befand sich in der Wohnung, unter einer Gratis-Stadtzeitung, in der hauptsächlich Scheiße stand, auf dem Boden des WCs.

# In Feierlaune

Auf der Flucht vor meiner großen Liebe, meinen Freundinnen und Freunden bin ich Anfang März 2014 in Pécs (Fünfkirchen) gelandet, wo ich eine längere Zeit verbringen werde. Ich habe mich für diese Stadt entschieden, weil ich in einem Buch von Viktor Iro über Ungarn Folgendes gelesen habe: »Tatsächlich kenne ich wenige Orte, in denen das Frühjahr oder auch nur eine vorfrühlingshafte Ahnung mit solch geradezu hormoneller Macht einzieht wie hier. Wer über den Winter vergessen haben sollte, wie kurz Röcke und wie lang Blicke sein können, spaziere an einem beliebigen Märztag durch Ungarn. Sie werden sofort verstehen, warum diese Nation niemals aussterben wird, sinkenden Geburtsraten zum Trotz. Ungarn kann, besonders im südlich gelegenen Pécs mit seinen Feigenbäumen und Weinbergen, aber auch in Budapest, ein geradezu mediterranes Flair ausstrahlen.« Den März werde ich in Pécs verbringen, zur richtigen Zeit am richtigen Ort.

Auf meinem Bier steht Soproni, darunter 1895. Bin ich froh, dass ich nicht 1895 geboren wurde, weil dann würde ich heute sehr wahrscheinlich nicht mehr leben.

In Bécs (Wien) fuhr ich in letzter Zeit mehrmals wöchentlich mit dem Bus an einem Gasthaus mit dem Namen Zum guten Tropfen vorbei, auf meinem Weg ins Spital. Ich war nie in diesem Gasthaus gewesen, wusste auch nichts von seiner Existenz, und auf einmal wurde es zum Sehnsuchtsort. Angrenzend an das Lokal steht der Josef Weinheber-Hof. Ich habe noch nie etwas von Josef Weinheber gelesen, aber durch das ständige Vorbeifahren an dem Hof bekam ich Lust dazu.

Ich nahm mir vor, sobald ich die Therapie hinter mir habe, leihe ich mir in der Hauptbücherei der Öffentlichen Büchereien ein oder zwei Bücher von Weinheber aus und spaziere die Koppstraße stadtauswärts bis zum Guten Tropfen neben dem Weinheber-Hof. Ich setze mich in den Guten Tropfen, bestelle einen Wein, erhebe das Glas auf Weinheber und beginne zu lesen. Ich werde lesen, trinken, lesen, trinken – das wird ein wunderbarer Tag. So mache ich das. Wenn ich zurück bin in Bécs.

Letztes Jahr ist einer meiner besten Freunde gestorben, er war erst 54 Jahre alt, wir haben über 20 Jahre zusammengearbeitet. Eine Freundin ist gestorben, die war erst 42 Jahre alt, sie hat die schönste Musik der Welt gemacht, wie ich nicht müde werde zu sagen. Eine Freundin meines Sohnes ist gestorben, sie war erst 19 Jahre alt. Ihre beste Freundin hat gemeint, sie sei glücklich gestorben, denn sie war verliebt und saß auf dem Motorrad an ihren Freund geklammert, als der Unfall passierte, am Abend wurden die lebenserhaltenden Maschinen ausgeschaltet, das war in einer südspanischen Stadt. Ein anderer Freund ist gestorben, der war allerdings schon über 70 Jahre alt, er hatte 13 Alkoholentziehungskuren hinter sich, er lebte jahrelang als Obdachloser, ich habe schöne Erlebnisse mit ihm gehabt. Einer der besten Freunde meiner Frau ist auch gestorben, er war erst 52, Knochenkrebs, ein DDr. und Univ.-Prof., es hat ihm nichts genützt. Ich selber hatte letztes Jahr eine Meniskusoperation, eine Thrombose, ein entzündetes Knie, eine Fettleber, eine Blutkrankheit (die habe ich schon länger), einen Fahrradunfall mit unschönen Folgen, ich sage nur: schwarzer Sack und schwarzer Pimmel (Bluterguss – ein Freund machte mir Vorwürfe, dass ich keine Fotos davon machte). Und als ich glaubte, das war's jetzt mit dem

Unglück 2013, starb mein Freund. Er liegt jetzt ganz in der Nähe meines Vaters, wer hätte das gedacht. Gelebt hat der Freund weit weg von dort, wo er jetzt liegt, wo das liegt, was nach der Verbrennung von ihm übrig geblieben ist. Ich will dereinst im Wald der Ewigkeit liegen, unter einem schönen Baum. Unter dem Baum der Freundschaft, denke ich. Es stehen auch andere Bäume zur Auswahl: Baum der Liebe, Baum der Vergebung, Baum des Übermuts und des Schwadronierens – nein, Letzteren gibt es nicht. Ich gehe gern ins Stadion ganz in der Nähe des Waldes der Ewigkeit, d. h. ein paar Stationen mit dem Bus sind es schon, aber man muss an der Station umsteigen, von der es ein Katzensprung ist zu dem Stadion, in dem mein Sohn bei jedem Heimspiel im Fan-Sektor steht, schreit, singt, hüpft … Ich sitze gern im Pub daneben, von dem man hinübersieht zum Fan-Sektor, ich sehe die Spiele gern sitzend im Warmen. Als mein Sohn 18 wurde, saßen wir im Gastgarten des Pubs, nach einem Spiel, das seine Mannschaft verloren hatte, es war Sommer, wir tranken Bier, seine Mutter und ein Freund von ihm waren auch dabei, am Nebentisch wurden saublöde Dinge gerufen, »Okotie, wir ficken deine Schwester!«, das ging mir dermaßen auf den Sack, dass ich irgendwann hinüberrief: »Ich ficke euren Opa!« – Da kam eine der Frauen vom Nebentisch zu uns herübergeschossen und fragte, ob ich noch ganz gescheit sei? Ob ich nicht ganz dicht sei? Haha, das war eine schöne Feier, mein Sohn musste sich wieder einmal ein bisschen schämen wegen seines Vaters, der einfach glücklich war, dass er bei der kleinen Vorgeburtstagsfeier dabei war … Kann sein, dass mich meine Erinnerung trügt, denn alle außer mir haben eine andere Erinnerung, meine Frau sagte spöttisch was von »du und deine Heldengeschichten«. Wird schon so sein.

Der Frühling in Pécs ist leider noch nicht ausgebrochen, ich spazierte zum Bahnhof, in der Hoffung auf einen Kiosk mit ausländischen Zeitungen, eine tolle Bahnhofskneipe, Jubel, Trubel, Abschied, Ankunft, aber nichts da. Völlig öde, es gab nichts, was man so gewohnt ist von Bahnhöfen größerer Städte, da ging ich einmal durch die Halle, wo nur zwei Schalter waren, an denen Tickets verkauft wurden, sonst nichts, kleine Halle, gar keine eigentlich, das war's. Ich muss vielleicht dazusagen: Baustelle, weil Umbau, Renovierung ... Ich ging in das Einkaufszentrum in der Nähe meiner Wohnung, wo ich dann ein paar Lebensmittel kaufte. Jetzt freue ich mich aufs Bett. Nein, eigentlich nicht, ich lese derzeit ein Buch, das jemand geschrieben hat, der auch letztes Jahr gestorben ist, er war Ende 40, Gehirntumor, er hat sich erschossen.

Das Soproni schmeckt mir sehr gut. Liebe Frau, wir wurden zum Glück nicht 1895 geboren, wir leben noch, mir läuft das Wasser im Mund zusammen, wenn ich daran denke, was wir noch alles tun können. Es tut mir leid, dass ich immer wieder lange Augen bekomme, wenn ich kurze Röcke sehe, der Winter war sehr kalt ... Blödsinn, meine Frau versteht das, es juckt sie nicht die Bohne, sie weiß, dass ich sie nie verlassen werde, und falls ich es noch einmal schaffen sollte, im Bett einer ganz jungen Frau zu landen (denn das ist eine meiner Hoffnungen, bevor ich endgültig ein alter Sack bin, muss aber nicht sein), dann gönnt sie mir das, da fährt die Eisenbahn drüber. Als ich vor 100 Jahren einmal aus dem Bett einer anderen zu ihr kam und sie verwöhnte, gar nicht genug von ihr bekommen konnte, vor lauter Freude über den gelungenen Seitensprung, von dem sie wusste, vom schönen Fremdgehen und allem, was damit zusammenhing (sie war auch kein Kind von Traurigkeit), das Leben war groß, nicht klein, eine Feierstunde, keine Geierstunde (um ein blödes Wortspiel zu machen – meine Frau kritisiert oft an mir, dass ich mir blöde Wortspiele nicht verkneifen kann), der Tod in weiter Ferne, da sagte sie, weil ich so leidenschaftlich verliebt glücklich dankbar war, gehe ruhig öfter fremd, wenn du anschließend immer so zu mir bist, das war ein Höhepunkt, eine Hochzeit des Zusammenseins, und oft könnte ich sie fressen wie ein Sarkophag, das heißt Körperfresser, also wörtlich »fleischverzehrender Stein«, das waren ursprünglich Särge, die den Körper innerhalb von 40 Tagen zersetzten, ihn fraßen, ich habe dich zum Fressen gern, sagte der Sarkophag zum Sarkozy (ungarische Wurzeln), ich lache mich tot, diese Franzosen, praise Paris, Stadt der Liebe (sorry für die Wortspiele) und so weiter. Die Insel der Liebe: Norderney, da waren wir ein paar Tage auf Flitterwochen, nachdem wir damals in der herrlichen Stadt Hamburg geheiratet hatten, der Sohn (12) war bei der Hochzeit mit von der Partie (er trug zur Feier des Tages ein schwarzes T-Shirt, auf dem ein Totenkopf abgebildet war), er hat uns einen rührenden Brief geschrieben und aufs Bett gelegt, Quintessenz: Ich bin so froh, dass ihr endlich geheiratet habt. So lange habe ich schon darauf gewartet! Wir waren ganz gerührt, wir feierten am Ufer der Elbe, in einem alten Wirtshaus, dessen Namen ich vergessen habe, spazierten dann weiter zum Café Strandperle, alles war perfekt, auch das Wetter, meine Frau war zufrieden, ich hatte alles gut organisiert Wochen zuvor …

Zur Feier des Tages hier im schönen Pécs gönne ich mir jetzt nach dem Soproni auch noch ein Glas Rotwein, weil ich den Tag partout nicht beenden will, ich bin 53, mein Vater war 52, als er starb. Andere haben mit 90 noch Kinder gezeugt, habe ich gelesen. Das will ich auch tun, dann bin ich bald 110, wenn das liebe Kind zu studieren beginnt, aber es kann natürlich tun und lassen, was es will. Bei Charles Bukowski habe ich gerade wieder gelesen: »Die Zeit ist zum Verplempern da.« Was für ein wunderbarer Satz, den ich immer wieder gern zitiere, so tröstlich und weise, im Gegensatz zu dem deprimierenden »Carpe diem« in der schlechten Übersetzung von »Nutze den Tag« im Sinne von »Arbeite, übe, trainiere bis zum Umfallen«, beziehungsweise »Zeit ist Geld, sei die Nummer eins, stelle alle anderen in den Schatten« und so weiter. Nein, da werfe ich lieber Erbsen an die Wand. Ein anderer meiner Lieblingssätze ist seit kurzem folgender: Ich wollte schon immer ein Tellerwäscher werden. *Ich wollte schon immer ein Tellerwäscher werden.* – Darauf erhebe ich jetzt mein Glas, außerdem erhebe ich es auf meine toten Freunde und Freundinnen. Und falls ich jemals wieder zurückkehre nach Bécs (Wien), was sehr wahrscheinlich ist, will ich mir dort, wie gesagt, Bücher von Josef Weinheber ausleihen … Aber erst einmal bin ich in Pécs (Fünfkirchen) und erwarte mit offenen Augen den Frühling.

# Zwei Nachrufe

*I*

Wir haben uns hier versammelt, um Abschied zu nehmen von Erwin. Wie wir alle wissen, hat er sich selbst umgebracht, und zwar so, wie wir das nie von ihm erwartet hätten. Er ist mir dadurch noch unsympathischer geworden … Erwin war, ich sage es in aller Deutlichkeit, auch wenn das dem einen oder anderen hier nicht passen sollte, aber mit dem »nihil nisi bene« oder wie der Quatsch heißt, soll man mich in Ruhe lassen, Erwin war, um es auf den Punkt zu bringen, ein wehleidiger Jammerlappen voller Selbstmitleid, der sich die Hände nicht nass machen wollte – nur keine Verantwortung, nur nicht erwachsen werden … Ich erinnere mich an unser letztes Gespräch. Er redete von seinem Meerschweinchen, seiner Tochter, seiner Frau – er habe das alles nicht gewollt, er sei da hineingerutscht, er habe andere Pläne gehabt: Reisen, Freiheit, Abenteuer und so was. Er hasse sein Leben, er habe keinen Sex mehr mit seiner Frau, die Abende vor dem Fernseher seien das Letzte, und dass er wieder so viel mit der Schule zu tun habe, vor allem mit Mathematik und Latein, kotze ihn an. Und ein Meerschweinchen habe er auch nie gewollt, er hasse Meerschweinchen … Ach ja, lange hat er sich auch über das Doppelbett ausgelassen. Nie habe er ein Doppelbett gewollt, er könne nicht lesen, wann er wolle, er habe Schlafstörungen, Depressionen, es sei ihm oft dermaßen eng in der Brust, alles sei so aussichtslos … Erwin, du Unglückswurm!, rufe ich ihm ins Grab hinein nach, du hast nicht gesehen, was du an deiner Familie gehabt hast, du Blindgänger! Wenn ich mir hier deine Frau Sabine ansehe, und deine

Tochter Claudia – Mann, was für ein Idiot muss man sein, um diese beiden Menschen auf so eine Weise zu verlassen, einfach alles hinzuschmeißen, nur weil das eine oder andere Träumchen nicht in Erfüllung gegangen ist, weil's manchmal ein bisschen eng war … Ich könnte schreien vor lauter Wut, ja, ich hasse dich dafür, was du Sabine und vor allem Claudia angetan hast, denn die beiden haben dich geliebt, die hast du nicht verdient, ich spucke dir auf den Sarg, so ein gottverdammter Idiot, ein verfluchter, in der Hölle sollst du braten, aber leider … Entschuldigt mich, Sabine und Claudia, bitte … Und an den Lokomotivführer hast du auch nicht gedacht, du widerlicher Egozentriker! Das weiß man doch, dass so was nicht spurlos an einem Lokführer vorübergeht. Erwin, ich hasse dich, und solltest du irgendwann auferstehen, hau ich dir dermaßen eine rein, dass … *(Er bricht in Tränen aus.)*

*2*

Rudi ist tot. Ich sage es, wie es ist. Unser aller Rudi – er ist nicht mehr. Nie wieder wird er in der »Weinstube« die Buffet-Frau Sylvia erfreuen, die einmal gesagt hat: »Niemanden bediene ich lieber als Rudi. Es ist eine Freude, Rudi zu bedienen.« Und wie er dann an seinen zwei Tischen saß, er thronte förmlich dort und aß und trank mit offensichtlichem Genuss. Zwei Tische brauchte er immer für seine diversen Teller, und auch die Getränke brauchten viel Platz: das Kännchen mit dem Rotwein, die Flasche Frucade, der Krug mit dem temperierten Wasser … Und dann hatte er da auch meistens seinen Fotoapparat liegen und ein Heft voller Notizen, in das er zwischendurch immer wieder was schrieb – ein Ergebnis solcher Notizen war ja unter anderem sein Buch *Willi auf Kur*, das wahrscheinlich die meisten von uns mit Vergnügen gelesen haben. Wir erinnern uns auch an die

Zeit, als er immer ein Aufnahmegerät dabeihatte, mit dem er alles aufnahm, was an seinem Tisch gesprochen wurde. Ach, mir bricht das Herz, wenn ich an seine Hinterlassenschaft denke: Abertausende von Fotos, Kassetten, Notizen … Was wird damit geschehen? Ich fürchte, sie wird vom Wind verblasen werden in alle vier Himmelsrichtungen, wird verschwinden vom Erdboden und zur Hölle fahren, im Gegensatz zu Rudi, der jetzt bestimmt an einem himmlisch gedeckten Tisch sitzt und es sich schmecken lässt. Ach, Rudi, du wirst uns immer in Erinnerung bleiben, zumindest solange uns der große Alzheimer verschont … Da fällt mir ein, wie du mich manchmal beschimpft hast. Ich revanchiere mich jetzt, indem ich sage: Wenigstens verabschieden hättest du dich können, du glatzerter Fettsack! Das ist keine Art, sich einfach davonzumachen und ein riesiges Loch in der Landschaft bzw. Stadt zu hinterlassen! Ach, nie wieder wird er mir in den Oberschenkel zwicken, dass ich vor Schmerz aufschreie – seine Rossbisse waren gefürchtet. Und die Lieder, die er immer gesungen hat, alte Schlager, zum Teil von ihm umgeschrieben, aber auch im Original, auf seine unverwechselbare Art mit dieser unverwechselbaren Stimme. Denke ich an diese Stimme, die eigentlich gar keine war, könnte ich losheulen. *Es fährt ein Zug nach Nirgendwo …* Ach, schon wieder, und noch einmal: Ach! Apropos »schon wieder«, lieber Freund: nie wieder Wienerschnitzel mit Kartoffelsalat, nie wieder Blunzengröstl mit Krautsalat, nie wieder Spinatstrudel mit Knoblauchsauce, nie wieder Kümmelbraten, Backhendl, Fleischlaberl, Pfefferoni, Schwarzwurzelsalat, Salzgurken, Senfgurken, Essiggurkerl, gefüllte Paprika, Bergkäse, Quargelaufstrich, Bratlfett, Grammelschmalz … nie wieder Bier, Limonade, Blauer Portugieser, Blaufränkisch, Zweigelt, St. Laurent, und nicht zu vergessen die diversen Schnäpse: Marillenbrand, Trebener, Birne, Obstler, Nuss … Lieber Rudi, du warst ein guter Mensch, ein angenehmer Gast, ein schöner Genießer, Sänger, Dichter, Sammler und vieles mehr. Ich hoffe, die Ewigkeit schmeckt dir. Zum Wohl!

## Weite und Freiheit

Er muss tun, was er tun muss. Er schießt schneller als andere. Er steht an der Theke und trinkt Whiskey. Sein Pferd hat Nüstern. Die schöne Prärie. Das Heulen eines Coyoten. Der wahre Held strahlt überall, egal ob in einem Kuhdorf oder in einer Metropole. Aber das ist nicht das Thema, das kann ja heiter werden.

Zum Beispiel bringt ein Farmer, der feige ist, einen Schurken zum Bahnhof. Er tut das für Geld, das er dringend braucht, weil sonst seine Farm vor die Hunde geht. Der Farmer und der Schurke fahren mit dem Zug. Der Farmer wächst während der Zugfahrt. Der Farmer bringt den Schurken für Geld in die Stadt, wo ihm der Prozess gemacht wird. Das ist ein einfacher Film. Ein klassischer Western, den ich leider nicht gesehen habe.

Die Falle in der Schlucht, die Steine und Pfeile von oben – das kenne ich, das habe ich schon oft gesehen.

Der Western ist für alle da, für Kinder und Erwachsene, Frauen und Männer. Sehen Frauen gerne Western? Ich glaube nicht. Ich begrüße herzlich das erste Ich. Und somit haben wir schon zwei Ichs. Ich begrüße auch besonders herzlich das Wir. So macht man sich bei den Westernhelden nicht beliebt, aber darum geht es nicht. Schluss damit.

Überall begeistert man sich für den Western. Leicht erkennbare klare Welten, Einfachheit der Form, allgemeine Konflikte, immer neue Geschichten. Ähnliche Logik wie im Märchen.

Das Geballer ist nicht politisch korrekt. Konflikte werden meistens mit Gewalt gelöst. Der Western ist ehrlich. Gibt es

Western ohne Schießduelle? Am Ende wird geschossen. Das ist inhärent. Auweia!

Ich sitze auf einem Stuhl, höre Radio und schreibe mit. Ich bin kein Held. Ich bin ein Schurke, der das Urheberrecht mit Füßen tritt, ein Dieb. Pferdediebe kommen an den Galgen, Gedankendiebe werden nicht erwischt. Die Spuren werden verwischt. Der Indianer ist ein begnadeter Spurenleser.

Ich begrüße alle Leserinnen und Leser auf das allerherzlichste in diesem Text. Das ist ein alter Hut, aber er kommt von Herzen. Es ist kein Cowboyhut, sondern ein Hut, der von Herzen kommt, quasi ein Herzenshut – na, habe die Ehre! Im Western wird anders gesprochen, das heißt, im Western wird mehr geschwiegen als gesprochen. Der Held ist kein Mann der großen Worte, vielmehr ein Mann der trefflichen Schüsse.

Er gerät in eine Lage, in der er sich bewähren muss. Er muss einen Übeltäter zur Strecke bringen. Er ist ein Vorbild und greift durch.

Die Landschaft ist ein wesentlicher Faktor. Monument Valley, der Wilde Westen schlechthin, dorthin will ich einmal, bevor die ewigen Jagdgründe auf dem Programm stehen. Die Weite des unbesiedelten Elements, natürlich muss es heißen: Die Weite des unbesiedelten *Kontinents*. In Europa hat man zum Beispiel in Spanien und Kroatien gedreht.

Es ist ehrlich, die Gewalt zu zeigen. Die Schönheit der klassischen Form wird oft übersehen. Der Western ist ein zentrales Ding im Zusammenhang des Kinos. Manche Sätze habe ich falsch verstanden, ich schreibe nicht alles mit, ich habe schließlich keinen Dachschaden.

Im Western sind die Helden oft einsilbig, sie bringen die Dinge anders zum Ausdruck. Es gibt auch Western, wo viel gequasselt wird. Das sind untypische Western, das sind Komödien. Durch Beredsamkeit wird selten ein Konflikt gelöst.

Keine zehn Pferde können manche dazu bringen, sich einen Western anzuschauen. Was sind das für Menschen? Es sind viele Frauen darunter, das steht fest.

Ich liebe die unendliche Weite der Landschaft, die zerklüfteten Felsen, aber auch das Wiehern des Pferdes, sein Schnauben, und vor allem sein nervöses Tänzeln bei drohender Gefahr. Ich gleite auf dem Sofa liegend in den viel zitierten Sonnenuntergang.

Teil der Faszination ist die Archaik. Die Gewalt spielt eine große Rolle, die Frau spielt eine Nebenrolle.

Die archaische Fähigkeit, über den Schmerz hinaus einen Erfolg zu erzielen. Der Western zeigt, was wir in uns haben. Ich arbeite mit Stichwörtern, der Western mit Schusswaffen.

Der springende Punkt ist eine Kugel. Im Gürtel stecken die Patronen, sie sind nicht kugelförmig. Oft brennt auch eine Lunte zu einer Dynamitstange. Für jeden Toten machen manche eine Kerbe irgendwohin.

Aus dem Hinterhalt wird auch geschossen. Aber nur der Schurke schießt von dort. Der amerikanische Präsident zeigt sich mit Cowboyhut und Cowboystiefeln, das gehört dazu.

Eine andersgeartete Heldengeschichte: Ein Held sitzt unter einem Baum. Ein Vogel macht ihm auf den Kopf. Gewohnt, jeder Gefahr ins Auge zu sehen, richtet der Held seinen Blick nach oben. Ins Auge trifft ihn der letzte Rest … Vögel sind selten gefährlich, schon gar nicht in unseren Breiten. Wohingegen die über einer zukünftigen Leiche kreisenden Geier schon eine gewisse Gefährlichkeit ausstrahlen. Da liegt man irgendwo im Sterben und über einem kreisen bereits die Geier. Was geht einem da durch den Kopf?

Der angeschissene Held zieht seine Knarre und knallt den Vogel ab. Wenn es sein muss, trifft er auch die Klapperschlange.

Und die Musik nicht zu vergessen! Plötzlich geht einer mit einer Zehner-Packung Klopapier durchs Bild, das heißt, durch die Prärie. Kurz darauf gibt's einen Wolkenbruch, aber das Klopapier wird nicht nass, weil es ja in einer Plastikhülle ist. Gibt es solche Western? Soll ich ein Drehbuch für einen solchen Western schreiben? Nein, ich habe Besseres zu tun.

Und dann gibt es noch die Bisons und die sprechenden Namen der Indianer.

Den Saloon nicht zu vergessen. Die Flügeltüren. Draußen das brave Pferd, der Klepper, der Gaul.

Bardamen und Huren, oder Heilige. Ein paar Leute in einer Kutsche fahren durchs Indianergebiet. Eine schwangere Frau und eine Hure. Die Hure erweist sich im Laufe des Films als die eigentlich edle Person. Die Außenseiter sind die wahren Helden. Die Hure wird edel durch ihr Verhalten. Nein, sie ist edel von Anfang an, es kommt aber erst später heraus. Auch diesen Western habe ich nicht gesehen.

Der Bösewicht schießt seiner Frau, die ein Auge auf einen anderen Mann geworfen hat, eine Kugel in den Bauch. Wahre Liebe geht durch den Magen, sagt er. Die Frau lacht kurz auf (spöttisch) und sagt: Deine Witze waren schon immer zum Kotzen!

Der arglistige Indianer. Feuerwasser. Skalpieren. Die Rolle der Frau. Die Cowboys waren arme Schweine, unterdrückte Lohnsklaven. Wer sich bindet, ist gebunden. Der wahre Held reitet frei einher, ohne irgendwelche Bindungen. Da könnte er sich gleich von den Rothäuten an den Marterpfahl binden lassen.

Die Filme propagieren den Mann aus Texas. Ich kenne keinen Western, in dem Österreicher eine Rolle spielen. Auch die Schweizer sind unterrepräsentiert, aber das geschieht ihnen recht.

Die Weißen haben den Kontinent besiedelt, das hat zur Ausrottung der Ureinwohner geführt. Das Genre hat eine Geschichte. Die Tragödie. Der Western hat erkannt, dass die Indianer ein fremdes Volk sind, das die Weißen nie erkannt haben. Schuldgefühle, Schuldeingeständnisse.

Bestialische Rothäute. Tausend Tode sterben. Friedenspfeife. Der gebrochene Pfeil. Der Köcher. Der Wigwam. Das Kalumet. Die Kriegsbemalung. Das Kriegsbeil ausgraben.

Und hier will ich den Gast im Studio grüßen, den Herrn Bert Rebhandl, der schön gesprochen hat über den Western. Und die Moderatorin, Frau Andrea Hauer, will ich ebenfalls grüßen, die auch schön gesprochen hat. Eines steht fest, kein Westernheld ist vorstellbar mit dem Namen Rebhandl. Es gibt Unterschiede zwischen dem klassischen und dem späten Western, ab 1958 oder so. Es beginnen Prozesse des Nachdenkens. Welche Funktion hat die Gewalt, die Frau? Die späten Western zeigen die Frauen und die Indianer anders, der Erzählduktus wird geändert, die Form gewinnt gegenüber dem Inhalt an Gewicht.

Großartige Form. Menschliche Herausforderungen. Das Kino ist noch nicht alt.

Die Figurenzeichnung ist in vielen Western fast lächerlich.

Man wird oft gepackt von der Kraft der Natur.

Und zum Schluss wird, wie bereits gesagt, meistens geschossen.

# Aus dem Tagebuch eines verklemmten Bürgersöhnchens

Am Sonntagmorgen verließen Aaron, Peter und Günter Tosters. Es regnete.

Aaron hatte große Halsschmerzen, versuchte sich aber nichts anmerken zu lassen. Als dann noch Kopfschmerzen hinzukamen und er müde geheißen wurde, klärte er seine Freunde auf.

In Zürich erfasste sie alle der Duft und Zauber der Welt, die vor ihnen lag. Aaron konnte sich nicht sattsehen an den hübschen Mädchen und Frauen, die am Bahnhof umhergingen oder warteten. Der süße, gefährliche Vergänglichkeitsfrust umfing sein Herz. Einerseits freute er sich über jede kleine Blickbekanntschaft, andrerseits quälte sie ihn. Aaron war wieder bestätigt worden. Er liebt die Frauen und sie lieben ihn. Wie viel liegt in so einem Mädchenblick? Er kann fragend, überlegen, demütig, auffordernd oder abweisend sein. Was unterscheidet dann diese Blicke von den vielen anderen? Aaron kann es nicht ausdrücken, man muss diese Sache gefühlsmäßig erfassen. –

Ich habe jetzt einen Blödsinn geschrieben. Aber das ist egal. Man denkt oft dumme unlogische Gedanken. Etwas habe ich noch vergessen: Aaron fragt sich nämlich, ob ihm diese Blicke einmal zum Verhängnis werden.

Günter, Peter und Aaron saßen im Zug und redeten müde irgendwelchen Unsinn.

Günter fühlt sich richtig wohl. Jede Bewegung, die er macht, deutet darauf hin, dass er mit sich im Großen und

Ganzen sehr zufrieden ist. Aaron beobachtet ihn lange. Wie er sich eine Zigarette anzündet, wie er genüsslich daran zieht, anschließend den Rauch etwas verächtlich vielleicht in die seelenlose Gegenstandswelt bläst, von der er sich wissentlich so einmalig unterscheidet, wie er die Beine übereinanderlegt. Wie er einen großen Gedanken auf die Natur wirft, vielleicht einen verstehenden Vergänglichkeitsgedanken usw. Aaron fühlt sich wohl mit solchen Menschen um sich.

Aaron: Mailand! Wie herrlich ist doch diese Stadt mit ihrem verdreckten Bahnhof. Über die Stadt selbst kann ich eigentlich wenig sagen. Es war für uns sehr schwer, uns zurechtzufinden, außerdem hatten wir nur sehr wenig Zeit. Wir besuchten »Santa Maria delle Grazie«, um das *Abendmahl* von Leonardo da Vinci zu sehen. Als wir uns endlich dorthin durchgekämpft hatten, wurde uns mitgeteilt, dass geschlossen sei. Wir waren maßlos enttäuscht, besonders Günter, er ist nämlich selbst ein begabter und ehrgeiziger Maler. Kleiner Trost: Auf den Regen folgte eine angenehm warme Sonne.

[…]

Ich bin leicht betrunken, obwohl ich mir doch geschworen habe, nie wieder in diesen Zustand zu geraten. Aber der Wein schmeckt mir! Ich freue mich auf das Burgenland.

Aaron, Günter und Peter kamen in der Stadt an. Aaron kannte sie von früher. Sie gingen zum Meer. Peter und Günter liefen zum Wasser und betrachteten es. Aaron kannte es schon und rief ihm aus einiger Entfernung nur einen Gruß zu.

Aaron ist gespannt. Morgen wird er seine ehemalige, drei Jahre ältere Freundin besuchen. Sie wohnt in der Nähe von Florenz. Aaron: Ich möchte mit ihr zärtlich sein. Ich möchte einfach eine Frau oder ein Mädchen lieben.

Ich bin müde und betrunken:

Ich liege im Bett meiner ehemaligen Freundin, besser gesagt, einer meiner Jugendschwärmereien. Ich fühle mich elend, glücklich, traurig, falsch und als nicht ich. Ich weiß nicht, wieso. Ist es, weil ich Frauen begehre, weil ich mir nicht sicher meines Weges bin. Ich muss Falschheit, Neid, Übermut und irgendwelche Hemmungen abwerfen. Wie? Ich weiß nicht.

[...]

Ich hätte nichts dagegen, wenn Annalisa käme. Ich wäre zärtlich, ohne Geschlechtsverkehr oder mit, kommt drauf an. Wenn ich das täte, hätte ich den ersten Schritt in eine bedrohlichere, genuss- und qualvollere Existenz getan. Kommt sie?

Ich sitze am Bahnhof von Florenz. Ich bin müde. Peter, Günter und ich haben einen großen Abschied hinter uns. Wir verließen die Familie Bartoli. Ich spüre stark die Vergänglichkeit in mir rumoren. Schmerzlich, aber auch sehr beglückend. Annalisa zeigte mir die Briefe, die ich ihr geschrieben habe, und ein Hauch des Gefühls, das ich damals für sie empfand, legt sich auf meine Brust. Ich liebe sie, oder besser, sie vor drei Jahren. Sie erinnert mich schmerzlich an die damalige Annalisa.

[…]

Ich bemerkte in den letzten Tagen eine Vorliebe für Wein. Gestern trank ich einen Liter. Hesse sagte, er habe im Wein einen guten Freund gefunden, ich habe einen guten Bekannten darin gefunden.

[…]

Wie herrlich ist so ein Reisen, wie seicht und unecht sind Familienferien in einem Hotel. Alles geregelt! Unerwartete Ereignisse ausgeschlossen! Garantiert, dass die bisher ausgebaute Persönlichkeit nicht ins Wanken kommt, vielleicht gezwungen wird, eine Meinung zu überprüfen oder über sich nachzudenken.

[…]

Ich war besoffen, als wir am Neusiedlersee übernachteten. –

Peter, Günter und Aaron beschließen, am Neusiedlersee zu übernachten. Sie legen ihr Gepäck unter einen Baum, und Peter und Aaron gehen noch ins Wasser. Aaron springt hinein. Sein Herz jauchzt vor Freude. Die Abendstimmung mit dem wunderbaren Sonnenuntergang gräbt sich tief in sein Herz ein. Er schwimmt der Sonne entgegen. Das Wasser spritzt in sein Gesicht, es umfängt seinen Körper. Aaron schwimmt wie besessen. Er genießt das Leben. Er bedauert alle Mensche, die das nicht genießen können – aus allen möglichen Gründen. Er schwimmt der Sonne entgegen. Aaron sieht sein Ziel darin, dieser Sonne so nahe wie möglich zu kommen. Sich nicht durch die schwachen oder bunten, schillernden Lichter rechts und links ablenken zu lassen. Nein! Diese Wärme und Liebe der Sonne, wie sticht sie doch ab von dem buntesten Farbenzauber moderner Lichtmaschinen. Wie ist doch diese Sonne beseelt im Gegensatz zu dem von Menschenhand erzeugten oder dirigierten Licht. Wie rein und klar ist sie doch. Aaron will ihr nahe kommen, so nahe wie möglich. Er will trinken von ihrer Kraft und Liebe, um sie weitergeben zu können, um sein Ziel zu erreichen, seinen Sinn im Leben.

Aaron und Peter verlassen das Wasser und suchen Holz für ein Feuer. Sie wollen Würste braten. Nach kurzer Zeit sitzen sie gemütlich um das nahe am Wasser gelegene Feuer und halten ihre Würste in die Flammen. Sie essen genüsslich und erfreuen sich ihrer individuellen Art zu leben, eine Tour zu machen. Nicht schön geordnet und bequem in Jugendherbergen zu übernachten, nicht angeregt werden, zu denken, sondern dem Leben auf den Grund zu gehen (so sieht Aaron das).

Sie trinken Wein. Zwei Liter verschwinden in kürzester Zeit. Aaron, der schon vorher vier Bier trank und auch den Wein größtenteils trank, war bald betrunken. Er fühlte sich. Er glaubte, voll da zu sein, aber dem war nicht so. Er war geistig da, aber der Körper gehorchte nicht so recht, auch das Mundwerk war zügellos, aber er hatte es unter Kontrolle. Aaron konnte nicht gehen. Es freute ihn, dass er nicht gehen konnte, dass er wankte und fiel. Früher verabscheute er das, aber dort gefiel es ihm. Er tat es, um nicht so sehr gebunden zu sein, auch nicht an seine eigenen Spielregeln. Er trank eben und damit fertig.

Er sorgte damit natürlich auch für »Einlagen«, wie Günter immer bemerkt.

Er redete ein Ehepaar folgendermaßen an: »He, was tut ihr denn hier?«

Mann: »Gegenfrage: Was tut ihr …«

Aaron zu Günter und Peter: »Kommt, spannen wir ihm die Frau aus …« Aaron krabbelt aus dem Schlafsack, Peter hält ihn zurück. »Er ist betrunken«, sagt er zu dem Mann, der lacht.

Aaron klettert zwei Mal auf einen Baum.

Er bricht. Er schläft heraußen, nicht aus Trotz, sondern weil er das Zelt nicht verstinken will.

[…]

Wir gehen durch die Stadt und ich bin glücklich. Wie viele Mädchen- und Frauenaugenpaare heften sich an das meine? Frauen, die meinen Blick nicht loslassen oder deren Blick dauernd auf mir ruht. Sogar Günter fällt auf, wie mich ein Mädchen anstarrt (Peter fiel das auch schon auf), als ob sie mich am liebsten verschlingen würde. Wir lachen, aber mein Ich wird wieder in Fragen und quälenden Zweifel gestürzt.

Aaron ging auf eine Toilette am Grazer Bahnhof. Die Wände waren vollgeschrieben mit lauter Perversionen und Geilheiten. Meist suchten Homosexuelle einen Partner oder Masochisten ihresgleichen usw. Aaron las alles durch. Anfangs ekelte ihn davor, aber sein zweites Ich wurde mit der Zeit erregt. Ja, er wurde aufgeregt von diesem Dreck, von dieser perversen, geilen Scheiße. Er verließ entrüstet das WC. Entrüstet über diese Schweine, die da frei herumlaufen, und über sich selbst, der sich durch solchen Mist aufregen lässt.

Aaron irrte am ganzen Bahnhof umher, um sich die Hände zu waschen. Er sah in jedem Menschen ein Schwein, einen Schwulen, ein Triebtier. Aaron landete schließlich wieder am Bahnhofsklosett, um sich dort die Hände zu waschen. Er verließ es schnell wieder. Danach fühlte er sich wohler.

[…]

Ich habe mich entschlossen, einen kreativen Beruf zu ergreifen. Ich will Künstler werden, ob ein guter oder ein schlechter, ob anerkannt oder belächelt, das ist einerlei. Etwas habe ich zu sagen, das weiß ich. Nichts Politisches, glaube ich, auch nichts Wissenswertes oder so etwas, sondern Menschliches. Ich weiß, dass ich helfen kann, dass ich etwas zu sagen habe, um das es schade wäre, würde es nicht gesagt oder nicht wiederholt in anderer Form. Ich kann nicht einen Beruf ausführen, der meine sämtlichen Talente verkümmern lässt. Mein unbestrittenes Talent zum Zeichnen, meine Musikbegabung, meine Liebe zum Schreiben usw. Ich will und kann mich nicht langsam hinaufarbeiten in einem Job, der mich nicht voll anspricht, den ich nur ergreife, weil damit Geld, gesellschaftliches Ansehen usw. verbunden ist. Ich muss das Leben auskosten in seiner Tiefe, in seiner Höhe. Der Dreck, die Qual darf nicht ewig von mir ungekannt bleiben.

Schöne, gesicherte Kindheit
Anständiger Schüler
Guter Student
Braver Ehemann (Geld, Wohnung)
Verantwortungsbewusster Vater
Beruflich angesehen
Leid: Tod der Mutter, des Vaters usw.
Freude: Heirat, Kind, Erfolg
Netter Großvater
Ruhiger Tod im Familienkreis
NEIN!!

[...]

Ich habe Angst, dass mich meine gewohnte Umwelt, die der Schule und des Elternhauses, erstickt, fürchterliche Angst.

[...]

Ich sitze daheim und bin traurig. Ich bin allein. Die Eltern konnten mich nicht verstehen. Es war unbegreiflich für sie, dass man sich wohlfühlen kann, wenn man so lebt wie Peter, Günter und ich auf unserer Tour. Ich kann verstehen, dass sie es nicht verstehen können. So ein Quatsch! Es ist mir egal, ob die Eltern das verstehen oder nicht. Ich kann so leben, und damit fertig. Könnte ich wirklich auf längere Zeit so leben?

Ich sitze an meinem Schreibtisch. Ich bin traurig. Wieso? Weil alles vorbei ist? Ich glaube, ja, aber auch weil ich hier so gefesselt bin, und zwar durch Liebe. Ich sehe mein Leben schon vor mir, wie es schön und ausgeglichen verläuft! Ich habe Angst, dass ich zu feig bin, um eine ungesicherte Existenz zu leben, dass ich mich zurückstelle für meine Familie, damit die Eltern stolz sein können auf ihren braven, vernünftigen Sohn. Ich habe aber erkannt, dass ich lieber ein unsicheres Leben mit seinen schönen und schmerzvollen Erlebnissen leben will. Ich habe so schreckliche Angst vor dem Versanden. Ich liebe meine Eltern, aber ... Ich hasse es, dass ich meine Familie so liebe. Ich will nicht, dass sie meinetwegen unglücklich ist, aber ich muss meinen Weg gehen. Ich kenne ihn aber noch gar nicht, das ist auch ein Punkt, der mich oft quält. Ich weiß nur, dass dieser Weg nicht in ein geregeltes, vernünftiges Leben führt.

Ich war lange fort
von diesem Ort
an den ich gefesselt bin
    mit all meinem Sinn

[…]

Ich werde umschlungen
in Liebe niedergerungen
mein Ich, es erlischt
und wird zärtlich verwischt

[…]

Die Familie ist ein Hemmschuh bei der Persönlichkeitsentfaltung. Alles Handeln wird bestimmt oder beeinflusst entweder durch die bestehende oder die später seiende Familie. Die Fessel der bestehenden heißt Liebe.

[…]

Es gibt viele Arten, Geschlechtsverkehr zu haben. Man kann tierisch nur auf den Orgasmus bedacht sein, aber man kann auch zärtlich lieben. Einer Frau einfach zeigen, dass sie schön ist, dass man sie liebt.

[…]

Ich traf heute zwei Mädchen aus unserer Klasse. Ich war von mir maßlos enttäuscht, als ich erkennen musste, wie ich Nonsens quasselte und mich wie das alte Ich benahm. Ich redete höflich, nettes dummes Zeug, stand lächelnd und herzensgut da und verabscheute mich, außerdem war ich nicht beim Gespräch dabei, sondern schwebte. Halt! Ist es eigentlich so schlimm, wenn du netten Blödsinn zu Menschen sagst. Musst du immer so überlegen und ruhig sein. Das ist unmöglich.

Ich rede nicht nur Blödsinn, ich schreibe auch welchen, aber das Gefühl ist ungefähr umrissen.

Ich liege im Bett und stöhne. Ich wälze mich hin und her, da ich mit mir unzufrieden bin, und ein Familienfest bevorsteht. Ich ahne Schreckliches!

## Drumherum oder Sechs und Druck, Rockzipfel und Rollmops

Ohne Umschweife zur Sache: Gemeinsam betreten sie das Schlafzimmer, es ist das Schlafzimmer von ihr, ihr Schlafzimmer, in das sie beide gemeinsam treten. Zwei sind es, das ist daraus hervorgegangen, ein Männchen und ein Weibchen. Die Reihenfolge ist falsch, denn sie ist ihm einen Schritt voraus, denn es ist ihr Schlafzimmer in einem Haus. Sechshauserstraße Nr. 58, da hat auch der Htler, pardon, der Hitler schon gewohnt, so ein Zufall. Der Hit von dem hat geheißen: HIT THEM. Damit hat der damals die Chrts gestrmt ...Da fehlt ein a und auch ein ü, da fehlt es an allen Ecken und Enden, was sollen wir damit unsere Zeit vertun. Ruck zuck zurück zu dem Paar.

Er ist überrascht von der nüchternen Atmosphäre. Da fehlt doch was. Was heißt da *was*? Er hatte geglaubt, dass ... Es ist ihm deutlich zu nüchtern hier. Wo sind die Bilder, die Pflanzen, die Teppiche? Die Poster nicht zu vergessen. Da ist nur ein großes Bett. Was heißt da *nur*? Da ist ein Regal voller Bücher und Wäsche, da brechen ihm gleich die STICKS entzwei ... DRUMMM hätte er gar nicht erst mitgehen sollen. Da ist jetzt wieder was zu viel. Was heißt da schon wieder *was*? Der Karren steckt im Dreck total. Der DRUCK in seinem Kopf ist groß. Das ist banal und wie. So ist es eben.

Doch sie sie hängt sich ihm an den Hals.

Er denkt: Sie hängt sich mir an den Hals.

Er will sie nicht am Hals haben.

Wie kam es überhaupt dazu?

Das ist eine kurze Geschichte.

LABEN WIR UNS AN DEN PIKANTEN DETAILS AUS DEN ATMOSPHÄREN DES INTIMEN.

Sie hat einen praktischen Hang zum Löblichen. Sie schaltet das große Licht aus und des kleine an: Ein e hat ein a von seinem Platz verdrängt. Das kleine e ist ehrgeizig und machtgierig. Das kleine e ist übergeschnappt vielleicht. Wir sprachen vom Licht: Das große ist die Deckenlampe, das kleine eine Nachttischlampe, die aber auf dem Boden steht. Das große Licht (um darauf genau zurückzukommen) ist eine Glühbirne, die von der Decke hängt.

Eine NACKTE, denkt er, und eine steife Brise weht ihm zwischen den Schenkeln durch und verzieht sich wieder durch die schlecht schließenden Fensterläden.

Die SECHShauserstraße ist eine lange Straße in der Donaumetropole Wien, da hat der Hitler schon gewohnt, und zwar genau dort, wo jetzt …

Sie sagt: Ich wohne noch nicht lange hier.

Er denkt: Das sieht man.

Er sagt: Eine schöne große Wohnung.

Sie zieht ihn auf das Bett hinunter. Das ist sonst ganz und gar nicht ihre Art.

Er spürt sein Ohr.

Er denkt: Der Musikerberuf der hat auch seine Nachteile, obwohl aber immerhin man kommt so zu so einigem …

Was für ein Denker.

Sie ist ihm quasi zugeflogen, überrumpelt von seinem LIVE und DRIVE.

Da fällt ihm etwas ein.

Er sagt: Warte.

Sie lässt ihn los.

Er geht in das Badezimmer, die Tür dorthin führt von dem Schlafzimmer.

Er ist einer von denen Kunz, die die deutsche Sprach verhunz mit ENGLISCH und so. Wo doch die deutsche Sprach so eine schöne Sach.

Doch abgekommen sind wir jetzt etwas. Wo waren wir stecken geblieben?

Dort: Er geht in das Badezimmer. Sie folgt ihm.

Er sagt: Das geht zu weit. Er lächelt dabei.

Sie kann ihm nicht böse sein. Wieso sollte sie ihm böse sein? Im Gegenteil. Er wäscht sich *unten* im Badezimmer. Sie weiß das zu schätzen, denkt daran, wie sie ihn zum ersten Mal gesehen hat. Auf der Bühne oben im Lärm. Den kriege ich herum, das war ihr erster Gedanke, den will ich haben, den schweißüberströmten Krieger da oben im Scheinwerferlicht und Lärm.

So ist das gewesen.

AUF DER BÜHNE OBEN IM LÄRM.

Er sieht sich im Spiegel an. Er hat viel abstruses Zeug im Kopf mit ENGLISCH darin. Er hat oft die seltsamsten Gedankengänge auch hinter dem, was man Schlagzeug oder DRUMS nennt. Vor dem Spiegel denkt er jetzt: Mit der werde ich zu einer Einheit verschmelzen, WOW! Er grinst blöd, das kann er gut.

Er sagt zu ihr im Bett dann: Ich will mit dir zu einer Einheit verschmelzen.

Sie schaut groß.

Du Schmalzbruder, sagt sie lachend, du Schmelzbruder! Das ist ihr noch nicht untergekommen. Das erinnert sie an etwas. Die plötzliche Nähe. Das gibt es. Die unglaubliche Vertrautheit.

Er sagt: Ich werde dich ficken bis du um Gnade winselst bis in das Morgengrauen hinein.

Sie sagt: WINSELN ist ein schönes Wort.

Er sagt gar nichts. Sie auch nicht. Immer diese Diskrepanz zwischen dem und dem.

Er liegt schon nackt im Bett, als sie sich selbstverständlich entkleidet. Er sieht ihr natürlich dabei zu.

Du gefällst mir, sagt er, gut.

Er vergleicht sie mit seiner Freundin. Er wischt den Gedank an sein Freundi weg.

Sie hat plötzlich den starken Wunsch auf einmal, dass das da nicht nur eine Nacht. Sie will ihn plötzlich nicht nur ein Mal, sondern für ihr ganzes Leben lang.

Er will eine tolle Nacht einstweilen.

Er hat plötzlich Selbstzweifel große. Plötzlich so viel PLÖTZLICH auf einmal. Ein Wischiwaschi tut sich auf. Er denkt an seinen Vatermann. Das muss er. Der Vatermann sagt: Das ist keine Musik, was du mach, das ist nur Krach!

Der Vatermann steht vor dem Bett wie ein Menetekel. Das ist ein unheildrohendes Zeichen.

Doch sie sie geht durch den Vatermann durch. POP macht es und der Vatermann löst sich in Luft auf.

Gut so, denkt der Sohnmann. Sie hat große Brüste, denkt er, daran werde ich mich festsaugen.

Sie sieht sein Glied, als sie die Bettdecke hebt. Damit wird er mich aufspießen, denkt sie.

Das ist so banal. So ist es eben das Leben.

Sie kuschelt sich sofort an ihn.

Es fällt ihm ein, er ist ein wilder Hund.

Er bekommt einen Anfall. SOLL DAS EIN KUSCHELSEX WERDEN!, sagt er.

Sie schaut ihn erstaunt an. Was ist los?, sagt sie.
Er presst sie an sich, als ob nichts gewesen wäre.
Ungestüm, denkt er versöhnlich.
Er drückt sein hartes DING an ihren weichen DONG und es macht BIMBAM. Das ist ein Schlager auf einem Niveau.

Jetzt geht es Schlag auf Schlag.
Mit Männern ist alles weniger weich, denkt er, denn noch nie hat er etwas mit einem ganz Dicken gehabt. Er sieht seinen letzten Partner, der mit harten Griffen ihm zu Leibe rückte. Er will ihr erzählen, dass einer ihn anschiffen wollte. Als Musiker wie er erlebt man eben mehr und härteren Stoff als als Duchschnittsfuzi …
Er sagt: Stell dir vor, der wollte machen auf mich. Das wollte ich nicht.
Sie ist beeindruckt. Was für ein Schlagzeuger herumgekommen!
Sie müsste jetzt Angst haben spätestens. Die hat sie aber nicht. Und das in der Zeit von heute.
Hingegen er in der Erinnerung, die macht sein Ding noch härter. Wenn das der Vatermann wüsste.

Der Sohnmann steht unter DRUCK, da braucht er ein Ventil. So viel steht fest, er ist ein Pulverfass, nur ist die Lunte immer nass, vom vielen Saufen, das gehört dazu. Er hat es mit der Einheit von dem und dem. Da klopft er Sprüche noch und noch. Doch wie Hitler wird er irgendwann die Donaumetropole verlassen ohne Ruhm mit GROLL.
Man sollte ihn von der Bühne schießen mit ROLLmöpsen! Denn der Vatermann hat in vielem recht. Doch

vielen ist nicht zu helfen. Aber jetzt wieder zurück zu der Ausschweifung.

Er schnuppert an ihrem Haar. Sie hat einen Wuschelkopf, er so einen Eierkopf. Hallo, du Ei!

Sie riecht an ihm. Sie mochte seinen Geruch auf Anhieb. Das nächste Mal soll sein vielleicht nach einem Auftritt in einer aufgeladenen Atmosphäre oder so.

Das ist mir alles zu weich hier, denkt er schon wieder.

Was soll das?, sagt sie, als er aufsteht.

Er denkt an seine Mutterfrau, die mag er sehr, die verwöhnt ihn viel. Da kommt der ROCKzipfel zum Tragen.

Ich habe was vergessen, sagt er.

Das Bett, das quietscht.

Er zaubert einen Blumenstrauß hervor.

Da, sagt er.

Danke, sagt sie.

Er ist ja gar nicht so wie er und sie geglaubt haben.

Sie ist gerührt und aufgewühlt.

Ich heiße Heinrich, sagt er mit schwacher Stimme, Heini.

Die Sensibilität, die hängt ihm jetzt bei den Augen raus. Wo kommt denn die auf einmal her?

Sie sagt: Ich heiße Heidi, das trifft sich super.

Sie lacht und lacht.

Er fühlt sich DOWN und OUT.

Er sagt mit weinerlicher Stimme: Ich werde ins Schwarze zielen und treffen wir uns dann später wieder bitte, ich will dir unbedingt alles von mir präsentieren.

Heini und Heidi, sagt sie, lass uns zu Heindi verschmelzen, du Schmalzheini, Schmelzheini, Schweindi!

Er bekommt wieder Inlandsicht.

Er sagt cool: Heini POP wie Iggy POP.

Sie lacht.

Er sagt: Ach, schmilz in meinen Armen dahin.

Wohin?, fragt sie.

Und er wiederum: Da hinunter zu meinem Millennium.

Millennium?

Das ist mir jetzt so zugefallen wie du, wir wollen uns nie mehr trennen, juppidu!

Sie lächelt verschmitzt.

Doch er, der Sprunghafte, entwindet sich ihrem zärtlichen GROOVE.

So geht das nicht, denkt er, ich muss mich erst vergewissern.

Nimmst du die Pillen, die wo was?

Die habe ich alle schon geschluckt, die gegen dies und das.

Dann ist gut.

Und was, fragen wir, ist mit Kondom? Das ist nicht da und kommt auch nicht zur Sprache. Wir wundern uns sehr, aber bitte, wir sind nicht involviert. So nimmt vielleicht das Unglück seinen Lauf.

Wo ist das Klo?, fragt er.

Das ist da draußen, wo wir hereingekommen sind in meine Wohnung, die ich erst seit KURZEM, du erinnerst dich doch?

Er erbleicht. Da ist eine Erinnerung wach geworden, die wehtut, an die Schande damals: er beim Duschen zwischen all den anderen von der Mannschaft. Er mit seinem KURZEN, deshalb ist vielleicht ihm das Millennium herausgeschlüpft … Weiß man's?

Sie wiederum öffnet ihre Poren. Die sind zu groß, das hat ihr einer einmal gesagt. Zu große Poren, das wird sie nie vergessen, daran denkt sie immer, wenn sie vor dem Spiegel und auch sonst.

Er wiederum denkt plötzlich: Die Einheit von Leben und DRUMS! Und da macht es BUMS, und er hat einen VORZEITIGEN, dass es tuscht aus basta.

## Eine E-Mail an Andi von Mopedrock

Lieber Andi, euer Gig letzte Woche hat mir sehr gut gefallen! Bravo, Mopedrock, das war ein richtig schöner Auftritt. Ich wusste gar nicht, dass ihr eine Geige dabeihabt. Bei eurem Bandnamen hätte ich nie vermutet, dass so was mit von der Partie ist, eher hätte ich auf ein oder zwei Mopeds getippt, hoho. Wie gesagt, hat mir alles sehr gut gefallen, auch dass ihr nicht Englisch, sondern Französisch gesungen habt, was mich ebenso überrascht hat, wie dich an der Geige zu sehen. Ich weiß nicht, entweder habe ich nie aufgepasst, wenn von eurer Band die Rede war, oder ich habe in meinem Leben zu oft die Zeit mit einer Gitarre totgeschlagen.

Stell dir vor, ich habe auch einmal Geige gespielt, im Alter von acht bis vierzehn Jahren. Ich habe keine Ahnung, warum ausgerechnet Geige, ich nehme an, das war die Wahl meines Vaters. Er wollte in seiner Jugend Dirigent werden, was leider nicht geklappt hat, seiner Leidenschaft ist er aber treu geblieben. Er hatte die Angewohnheit, zu klassischer Musik aus dem Radio oder vom Plattenspieler zu dirigieren. Eines der schlimmsten Erlebnisse meiner Kindheit: Freunde machen mich höhnisch auf meinen Vater aufmerksam, der auf unserem Balkon steht und mit beiden Armen in der Luft herumfuchtelt, als habe er den Verstand verloren. – Ich wusste, warum er das tat, meine Freunde nicht, wir waren zu weit weg, um die Musik zu hören. »Wer die Musik nicht hört, hält die Tanzenden für wahnsinnig«, hätte ich meinen Freunden damals erwidern können, aber den Spruch kannte ich natürlich noch nicht. Mir fällt im Moment leider nicht ein, von wem er ist.

Die wilden 60er und 70er, auweia! Meine tollsten Gigs mit der Geige waren folgende: Vorspielabend – so nannte sich die Veranstaltung, bei der die Schülerinnen und Schüler der Musikschule gezwungen wurden, vor Publikum aufzutreten. Meine gesamte Verwandtschaft war anwesend, ich spielte in einem kleinen Orchester, machte mir vor Aufregung fast in die Hosen, und kaum hatten wir begonnen zu spielen, riss eine meiner Saiten. Ich sah mich außerstande weiterzuspielen, nahm die Geige herunter und hätte sterben können vor Scham, mein Kopf glühte, das Stück wollte und wollte nicht enden ... Der zweite Auftritt einige Jahre später war noch geiler! Ich hatte es bereits zum ersten Geiger eines Streichquartetts gebracht, wir waren also zu viert auf der Bühne, im Publikum wieder ein Großteil meiner Verwandtschaft. Ich gab den Einsatz und legte los – aber was war das? Mein Spiel klang grauenhaft, ein einziges Kratzen und Scheuern. Mir dämmerte schließlich, dass ich in meiner Nervosität vergessen hatte, den Bogen zu spannen, ich spielte also auf Holz. Aber anstatt das unsägliche Spiel einfach abzubrechen, entschuldigend ins Publikum zu nicken, den Bogen zu spannen und neu zu beginnen – ein freundliches, gedämpftes Gelächter wäre die Folge gewesen –, sägte ich die Sache gnadenlos durch bis zum bitteren Ende. Es war die Hölle!

Meine Freunde begannen sich für andere Musik zu interessieren, steckten mich an mit ihrer Begeisterung für Bands wie Sweet, Slade, T. Rex und wie sie alle hießen, und ich kam mir auf einmal saudoof vor mit meinem alten Vivaldi und den öden Etüden. Ich wollte auf Gitarre umsatteln, aber meine Eltern waren dagegen. Ich fügte mich in mein Schicksal, ich war immer ein braver Junge gewesen. Auf Wunsch meiner Geigenlehrerin sollte ich dann bei einem Orchester der Musikschule mitwirken, aber die erste Probe wurde zugleich die letzte. Ich war 14 Jahre alt und musste zwei Stunden in einem Orchester absitzen, dessen Mitglieder alle jünger, zum Teil deutlich jünger waren als ich. Qualvolle zwei Stunden inmitten von zehn- bis zwölfjährigen Kindern – was für eine Demütigung. Ich kam heulend nach Hause und überzeugte meine Eltern davon, dass ich endlich aufhören durfte, mich mit diesem Instrument herumzuquälen.

Ich bekam schließlich eine Gitarre, die ich Jahre später betrunken über ein Lagerfeuer hielt, nachdem ich diverse Lieder gesungen hatte … Ich bin abgeschweift, sorry.

Die ersten Griffe auf der Gitarre lernte ich in der Musikschule, und zwar von einem Lehrer, dessen Leidenschaft die Ziehharmonika war. Ich hatte den Eindruck, er brachte mir nur schnell die wichtigsten Akkorde bei, damit ich ihn bei seinem Ziehharmonikaspiel begleiten konnte. Ich wurde nicht alt bei dem Herrn, spielte lieber zu Hause die Solos von Ritchie Blackmore rauf und runter, konnte mich kaum satthören an dem Live-Album *Made in Japan* von Deep Purple.

Was für ein Unterschied zu der sogenannten klassischen Musik und allem, was für mich damit zusammenhing. Ich erinnere mich noch heute mit Grausen an diese Konzertabende: an das Würgen im Hals, das zu enge Hemd, die Krawatte, die Gerüche der parfümierten Damen und der transpirierenden Herren – ich erstickte fast, wollte aus der Haut fahren, hatte Schweißausbrüche. Eines meiner ersten Gedichte ging so: »Wasche dich fein säuberlich / putz dir die Zähne und kämme dich / denn ein Konzert ist heut / etwas Musik und viele Leut.« – Was für ein frühreifer Ausdruck rebellischen Aufbegehrens gegen bürgerliche Zwänge.

Dagegen die Abende mit Rockmusik! Ich erinnere mich, dass ich bei einer Party zu einem Song von Deep Purple völlig ausflippte, aus mir herausging, wie ich mir das kurz zuvor niemals zugetraut hätte. Diese Musik schaffte es, mich zu einem wilden Tänzer zu machen, der auch zu schreien begann und sich schließlich sogar auf dem Boden herumwälzte … An dieser Stelle eines meiner Lieblingszitate, ein afrikanisches Sprichwort: »Willst du mit einem Europäer Mitleid haben, dann sieh ihm beim Tanzen zu.«

Ich war schnell auf der Gitarre, wurde immer schneller und schneller. Ein Freund kritisierte an meinem Spiel das mangelnde »Feeling«. Ich nahm ihn nicht ernst, weil er als Schlagzeuger das sogenannte »Blues-Schema« nicht kapierte. Wir spielten oft zusammen, ich schnell wie der Blitz, er ohne Sinn für das richtige Timing. Zu einem größeren Auftritt vor Publikum haben wir es erstaunlicherweise nie gebracht.

Mit 16 wollte ich mich mit der Kasuga, so hieß meine E-Gitarre, nach London absetzen. Ich war natürlich zu feige dazu.

Meine besten Auftritte hatte ich später allerdings nicht in London, sondern in Paris, und zwar in der Metro. Ich saß tagelang auf meinem Lieblingsplatz in einem der unterirdischen Gänge und sang ein Lied nach dem anderen, von Cat Stevens, Neil Young, Joni Mitchell, Jethro Tull, Stones, Beatles, Doors und weiß der Kuckuck. Natürlich habe ich auch das Grab von Jim Morrison auf dem Père Lachaise besucht. Lange her.

Was ich dir sagen wollte: Euer Gig war wunderbar, ich bin in Erinnerungen an Paris, Geige und Gitarre geschwelgt, und hätte es in meiner frühen Jugend bereits Mopedrock gegeben, ich wäre vielleicht heute noch ein glücklicher Geiger, der den Schrei des Schmetterlings hört. So bin ich ein miserabler Gitarrist, der sich gelegentlich schreibend austobt, was aber niemanden zum Tanzen bringt. Manchmal denke ich, der größte Fehler meines Lebens war, dass ich damals nicht nach London abgehauen bin. Den Spruch »Rust never sleeps« von Neil Young schlage ich vor als Marketing-Dings für die verschlafene burgenländische Gemeinde Rust. Jetzt ist schon wieder eine Saite gerissen! Ein bisschen wirr, aber von Herzen, merci und see you, Chr.

*Das Zitat »Wer die Musik nicht hört, hält die Tanzenden für wahnsinnig« stammt von Raimund Wazurak und ist dem Buch* Katzenmusik *von Gerhard Fritsch vorangestellt.*

# Das Wunerkind

Der Kellner, der im hinteren Bereich des Gastgartens arbeitete, kam mir sofort bekannt vor. Das musste Peter sein, den ich vor mehr als 20 Jahren zum letzten Mal gesehen hatte. Peter Klummer, mein großes Vorbild, der Star der Klasse, das Wunderkind. Ich konnte es kaum glauben, aber das war er. Du meine Güte, was war denn aus dem geworden, was hatte er in diesem Hinterhof verloren? Peter, der hochbegabte Sohn des hochverehrten Bürgermeisters, ich musste unwillkürlich lachen, das durfte doch nicht wahr sein.

Peter war nie bei den Klassentreffen gewesen, niemand wusste etwas über ihn, ich hatte mich auch nie wirklich für ihn interessiert, und jetzt in diesem Gastgarten mitten in Wien lief er mir auf einmal über den Weg. Er hatte eine Schürze umgebunden, in der Hand hielt er ein Tablett mit Gläsern, Krügen und Flaschen. Er sah dünn aus, noch dünner, als ich ihn in Erinnerung hatte. Als er mich wahrnahm, sagte er wie aus der Pistole geschossen: »Manfred!« Er war sichtlich erfreut, mich zu sehen, ich war unangenehm berührt und wusste nicht so recht, wie ich reagieren sollte. Ich war in der Stadt, weil ich an einem Ärztekongress teilgenommen hatte, am nächsten Tag würde ich wieder abreisen.

Derjenige, der hier Getränke servierte, Gläser wusch und Aschenbecher putzte, sollte Peter sein – der Peter, dem damals jeder eine glänzende Karriere als Künstler, Musiker, Schauspieler oder was auch immer prophezeit hatte? Das sollte der Sohn des von der ganzen Stadt so hoch geschätzten Bürgermeisters sein, der im Sommer sehr zum Neid von uns allen in England, ja sogar in den USA Urlaub machen durfte?

Ich war mir nicht mehr sicher, worin sich seine sogenannte Genialität damals geäußert hatte, aber dass ihm jeder Großes zutraute, daran erinnere ich mich deutlich. Und an seinen Vater kann ich mich auch gut erinnern – eine beeindruckende Persönlichkeit, würde ich jetzt im Nachhinein sagen, auch was seine Körpergröße anbelangte, alles in allem eine imposante Erscheinung. Einmal war er bei uns an der Schule eingeladen, um einen Vortrag zu halten. Ich glaube, es ging um die Verantwortung des Einzelnen, um den freien Willen, die christliche Naturlehre und dergleichen. Ich verstand hauptsächlich Bahnhof, war aber schwer beeindruckt von seiner Eloquenz, seiner Ausstrahlung, seinem ganzen Auftreten. Er gehörte zu jenen Männern, nach deren Anerkennung man lechzte und um deren Freundschaft man buhlte.

Ich will es kurz machen: Peter lud mich auf Speisen und Getränke ein und bestand darauf, dass ich bis zur Sperrstunde bleibe, weil er erst dann wirklich Zeit für mich habe. An einem der Nebentische saßen noch ein ehemaliger Boxer, wie mir Peter mitteilte, ein finster dreinblickender Herr, der an einem steifen Nacken litt, und dessen Freundin, ein unappetitlicher und Kette rauchender Fleischberg, denen Peter offensichtlich sehr zugetan war. Von den beiden verabschiedete er sich später mit Umarmung und Küsschen. Mir wurde bewusst, dass er schon einiges getrunken haben musste, denn er war nicht mehr ganz sicher auf den Beinen und seine Artikulation war nicht mehr einwandfrei.

Er arbeite meist sechs Mal die Woche als Kellner, was für ihn einer der schönsten Berufe der Welt sei. Er bezeichnete diese Tätigkeit als »das Kellnerbein schwingen«, verglich sie also mit Tanzen, was mir völlig absurd vorkam – da gerate er förmlich in einen Trancezustand, den er nicht missen wolle. Nur tue es ihm manchmal leid, dass er jetzt im Sommer Frau und Kind nicht so oft sehen könne, wie er es gern täte, aber das Kind sei in der Hochsaison sowieso bei den Großeltern auf dem Land, auf Sommerfrische, und die Frau sei häufig als Gast anwesend, treffe sich hier mit ihren Freundinnen und Freunden. Er sei verheiratet mit der tollsten Frau der Welt, die ihm viele Freiheiten lasse. Er schwärmte in den höchsten Tönen von dem Lokal – von der Köchin, den Arbeitskolleginnen, seinem Chef, auch von den Gästen, er habe hier das pure Glück gefunden, etwas Schöneres gäbe es nicht. Jeder Abend sei anders, er liebe die Handgriffe, den Kontakt zu den Menschen. Das Publikum sei gemischt – alt und jung, reich und arm, Minister und Student, Punk und Bankbeamter, Säufer und Arzt, viele Schauspieler, Schauspielerinnen … Einmal sei er mit seinem Kind vor dem Fernseher gesessen und da seien zufällig hintereinander drei Prominente zu sehen gewesen, die alle schon einmal bei ihm im Gastgarten waren, und als später ein Elefant ins Bild kam, fragte das Kind: »War der auch schon bei dir?« – Früher habe er sich auch immer wieder verliebt während der Arbeit, sei manchmal in einem fremden Bett gelandet, und seine Frau – großzügig eben und was weiß ich. Er habe Menschen aufwachsen gesehen, manche kenne er jetzt seit bald 20 Jahren, und natürlich habe er auch Menschen sterben gesehen. Von den Gästen erfahre er viel, weil alle Berufe seien in seinem Garten vertreten. Manche hätten die ganze Welt gesehen, andere seien kaum einmal über die Grenzen ihres Bezirks hinausgekommen. An ruhigen Abenden in der Vor- und Nachsaison komme er sogar zum Lesen, er habe viele belesene Gäste, auch Schriftsteller. Gerade vor kurzem sei ein Dichter im Garten von einem Tisch zum anderen gegangen und habe von den Gästen ein Messer verlangt, weil er unbedingt mit seinem Freund Blutsbruderschaft trinken wollte. Peter habe ihm keines gegeben, also habe er die Gäste gefragt. Blutsbrüderschaft, dass ich nicht lache! Meine Beziehung zu Blut ist eine andere. Kindereien!

Wie es mir gehe, beziehungsweise wie es mir ergangen war, wollte er natürlich auch wissen. Ich erzählte von meiner Familie, ich habe ja nicht nur *einen* Sohn, sondern deren zwei, Alexander und Oliver, ebenso eine Tochter, Julia, alles Kinder, die prächtig gedeihen, die fleißig und tüchtig sind. Ich versuchte ihm zu erklären, wie gern ich meinen Beruf, den ich als wunderbare Aufgabe sehe, ausübe, aber er hörte mir kaum zu. Er schenkte immer wieder nach, obwohl ich protestierte. Ich hatte bereits genug getrunken und wollte nicht womöglich die Kontrolle verlieren. Er meinte, er führe ein reiches Leben, um im selben Atemzug zu sagen, dass er mich um meine Tätigkeit als Arzt beneide. Er stelle es sich wunderbar vor, wenn man Menschen helfen könne. Ich gab ihm recht.

Ob er morgen wieder arbeiten würde? Nein, morgen habe er frei, da könne er so richtig ausschlafen, seine Frau habe sich auch freigenommen, sie würden ins Schwimmbad gehen, oder mit den Fahrrädern einen Ausflug machen.Seine Frau überlege, eine sogenannte Auszeit zu nehmen – einmal ein Jahr lang gar nichts zu tun, das heißt, sich mehr um sich, ihn und das Kind zu kümmern. Das Leben bestehe nicht nur aus Arbeit, soll sie gesagt haben. Was für eine tiefe Weisheit!

Ich gratulierte Peter zu seinem Leben, er bedankte sich, wir verabschiedeten uns voneinander, wobei er ungewöhnlich lange meine Hand schüttelte. Und ganz zum Schluss umarmte er mich nicht nur, sondern drückte mir auch noch zwei feuchte Küsse auf die Wangen; außerdem gab er mir seine E-Mail-Adresse, ich solle ihm schreiben.

Im Hotel konnte ich trotz extremer Müdigkeit lange nicht einschlafen, immer wieder kreisten meine Gedanken um Peter und unser Gespräch. Er sei dankbar für das kleine l in seinem Namen, es stehe für lachen, lieben, leben, hatte er zwischendurch einmal gemeint, und ob ich mitgehen wolle zu seinen sieben Frauen? Sie hätten bestimmt nicht nur ein offenes Ohr für einen medizinischen Doktor, der andere aufschneidet und wieder zusammennäht.

Als ich zu Peter sagte, ich würde jetzt ins Bett gehen, weil ich in der Früh zeitig am Flughafen sein müsse, um die Heimreise anzutreten, meinte er, »die Heimreise antreten« klinge grauenvoll, »Flughafen auch«. Jedes Flugzeug könne abstürzen, aber nie und nimmer ein Kellner, der seine Frau und sein Kind liebe, seine Gäste und seine sieben Geliebten gernhabe. Er mache natürlich nur Spaß, aber er habe Flugzeuge eigentlich immer gehasst, habe nie einen Flug machen wollen von hier nach dort, sondern sei immer am liebsten auf dem Boden geblieben, dort habe er bleiben wollen, dort gäbe es genug zu entdecken und zu erleben. Das bringe einen weiter, viel schneller und höher hinauf als die ganze Herumfliegerei, als Kind habe man ihn zum Hochleistungsakrobaten, Spitzenleistungsträger und zur angesehenen Gesellschaftsstütze trimmen und zurechtstutzen wollen, einen Taugeviel habe man aus ihm machen wollen, aber er sei lieber eine Null geblieben, eine fröhliche Null mit null Bock auf Pipapo. In Wien sei er zu Hause, hier sei das Abheben auch ohne Larifari garantiert, da seien die Höhenflüge um vieles einfacher und billiger zu bekommen als mit einem Flugzeug mit Knallteppich … Ich gab ihm recht, auch wenn ich nicht mehr genau wusste, wovon er eigentlich redete. Peter war sternhagelvoll, er wurde immer sprunghafter und mir immer unsympathischer. Ich war todmüde, die

Augen fielen mir zu und die Ohren auch – ich wollte nichts mehr hören von Flügen, Abstürzen und weiß der Geier. Peter strahlte mich an und ich sehnte mich plötzlich nach meiner Frau, meinen Kindern, meinem Haus. Ich sehnte mich vor allem nach meinem Arbeitszimmer, wo ich Tage später sogar begonnen habe, Peter eine E-Mail zu schreiben. Ich hatte viel zu viel Cognac getrunken, was sonst ganz und gar nicht meine Art ist. Es ist erschreckend, was dabei herauskommt, wenn man sich gehen lässt. Ich bin dankbar für alles, was ich im Leben erreicht habe.

Lieber Peter Klummer – hahah! Du bist ist ein Arschloch., ja! Peter ist ein versgager, loser, gescheitert auf der gnazne lLineie. Fick dicvh!ı Er,liebt seinen sjob  das kellnerbrien schweingen da sist zum lachen er hat es zu nicht sgebracht, ich habe es zu allem gerbracht. Ich bin eiwinner Glänznend nglännen df Er war der star, der vielumschwärmte ich eine null u und heute? Heut ebin ich derhejkin hge!!! Ich bin derjenige, der eine frsau, ein haus, drei kinde hat. Perter hat nmcith einmal ein auto! Wer hat denn heutzutage kein auto? Das gibt es doch gar nicht, das wer kein auto hat. Außser wer hat gar nichts., nur die, die nicht s haben, die nicht serreicht haben, haben kein auto.zum totlachen wiese ist daas mitr dem fduato! Bsit du wxhwul?? Nein, meinbe lieb frau, du weiußt genau, iach scheiße nich im stehen hahah Ich verstehe das alle snicht. Warukm, geht es ihm ? Er erzählt mir geschgichten von lkeuten, mit denen ich nie und imnnen nicht szu tun nhaben will. Ich orperiere sie, nähe sie zusammen, aber ich will doch nicht mkit ihenn trinek redcen, gerscheige dennnumarmen … ha, jetzt schreib ich mal was anderesn als immer nur die ärztliche nsätez gewäsch Blabla, sie leben noch höchstnes eine kurze zeit Aber ich geh jetzt besser heimreise antertetenzu meiner frau, ind das furzgeschwägnerrte schlaff-zimmer, wo scheon lange nichts mehr pasier b tut, verliebt in allealter und Geschlechterich habe nie etwa mit einem Mahnn gehabt, das graust mich, sterben gesheen habe ich auch schon viele. Ich hoffe, er nimmt kein drogen, Xandi!!!, ich habe keinen draht miehr zu ihm, er verahctet mich… Dr. Mafred Standfest, herr professor, froh bin ich wum dea tttttt und das ffffff ich schneide sie jetzt aufund dann flcik ich sie wieder zusammen, ich bin naämlcub ein wunerkind und aus, das erreicht ich mache imuch hier doch nicht zum narren wie peterende

# Frohes Schaffen

*1*

Lieber Petermann,
gestern wusste ich wieder einmal nicht, wie und was, also zog es mich in die Leopoldau, wo ich im Gasthaus »Zum frohen Schaffen« einkehrte. Und das war eine gute Idee, weil dort schaffte ich es durch meine fröhliche Art, dass mich die Wirtin auf ein Bier einlud. Doch, doch, nicht geflunkert, wirklich wahr! Und das kam so: Ich saß still im Raum an einem dieser schönen Tische (rote Tischdecke), ein stiller Zecher sozusagen, der sich aber immer wieder was in seinem Notizblock notierte, z. B.: »Für Bücher spricht allein schon die Tatsache, dass man sich bereits viele schlechte Filme bis zum Ende angesehen hat, wohingegen man schlechte Bücher selten bis zum Ende liest.« – Ganz schön tief, was? Oder das hier: »Vorbei an Keller – Künstlerin, ›next time‹ …« – Da brauchte ich jetzt länger, bis ich das entziffern konnte und bis mir klar wurde, was ich damit gemeint hatte. Ich kläre dich auf, weil es so interessant ist: Vor vielen Jahren, als mein Sohn noch sehr klein war, spazierte ich mit ihm immer wieder an einem Haus vorbei, wo damals im Kellergeschoss »artists in residence« untergebracht waren. Und eines Tages waren die Fenster zum Keller offen, mein Sohn und ich schauten neugierig hinunter, und da saß eine interessante junge Frau, lud uns ein, zu ihr hinunterzukommen, und ich Trottel sagte, jetzt nicht, aber das nächste Mal gern. – Es gab natürlich kein nächstes Mal, die Fenster waren in der Folge immer geschlossen, die junge Frau habe ich nie wiedergesehen, inzw. sind auch schon lange keine »artists« mehr dort untergebracht … Und was lernen

wir daraus? Ganz genau. Aber bevor die Spannung unerträglich wird, zurück zum »Frohen Schaffen«. Am Nebentisch saß eine sehr sympathische junge Frau, die Mutter eines ca. achtjährigen Jungen, der sich im Lokal zu Hause fühlte. Er ging in der Küche ein und aus, sprach mit den Gästen, eine alte Frau nannte er Oma – also sehr familiär, sehr nett alles. Irgendwann musste ich aufs WC, und da begleitete mich der Junge, stürmte voraus und sagte dann im Vorraum des WCs zu mir, dass das Gasthaus seiner Mutter gehöre und dass der Koch böse sei, weil er ihm einen Finger abschneiden wolle … Zurück am Tisch, fragte ich den Jungen, ob er einen Fingerschutz brauchen könne, und schon fischte ich das kleine Gummimonster mit der Rüsselnase, das man sich auf einen Finger stülpen kann, aus der Jackentasche (gekauft im MUMOK-Shop), und dann noch ein zweites, von dem die ausgestreckten Arme schön zittern … Jaja, ich habe meistens so kleine Gummimonster dabei, z. B. um die Kinder im Bus, in der Straßenbahn und der U-Bahn zu erschrecken, was mir immer großen Spaß macht. Jedenfalls schenkte ich dem Kind meine kleinen Monster, und das Kind freute sich tierisch, und die Mutter bedankte sich herzlich und lud mich eben auf ein Bier ein. Ja, das war ein schöner Abend. Gasthaus »Zum Frohes Schaffen« – da müssen wir unbedingt mal zusammen hin! Moment, da fällt mir ein, als ich vor Monaten das erste Mal dort war, habe ich mir viele Notizen zu einer Art Kurzgeschichte gemacht. Vielleicht finde ich diese Aufzeichnungen in meinem Durcheinander, das mich irgendwann in den Wahnsinn treibt, in dem ich dann verstummen werde.

Auf der Suche nach dem Sprudeln, unfroh und voll in einer Schaffenskrise –

## 2

Karajan saß auf dem WC und blätterte im Straßenverzeichnis, auf der Suche nach der Thayagasse. Dort gab es ein Wirtshaus mit dem Namen Gasthaus »Zum frohen Schaffen«, das er schon lange besuchen wollte. Er versprach sich etwas davon, in einem Wirtshaus dieses Namens zu sitzen.

Karajan hieß eigentlich Karl Jahn, aber weil er beim Reden gern mit beiden Händen in der Luft herumfuchtelte, bekam er irgendwann den Spitznamen Karajan verpasst. Ihm gefiel der Name nicht, auch weil ihm der Dirigent Herbert von Karajan zuwider war, obwohl er eigentlich kaum etwas über ihn wusste. Karl wollte den Namen Karajan loswerden, aber das war nicht einfach. Alle nannten ihn Karajan, das war seit ewigen Zeiten so, und er würde wahrscheinlich als Karajan sterben, das sah er schon kommen.

Karajan hatte die Straße gefunden und machte sich einen Plan. Zuerst wollte er mit dem Fahrrad bis zur U-Bahnstation Praterstern fahren, dann mit der U1 bis zur Endstation Leopoldau, und von dort zu Fuß die Thayagasse suchen. Es handelte sich um eine lange Straße, sein Ziel, das Gasthaus »Zum frohen Schaffen«, hatte die Hausnummer 5, er wollte erst einmal daran vorbeigehen und den »Frohes-Schaffen-Weg« erkunden, weil ein Weg dieses Namens ging von der Thayagasse ab. Zuerst aber wollte er noch einen Blick in das Buch »Lexikon der Wiener Straßennamen« werfen. Das Buch befand sich wie viele andere auch auf dem WC. Karajan hielt sich gern auf dem sogenannten Stillen Ort oder Örtchen auf, dort war er ungestört, die Nase kam auf ihre Kosten und wenn ihm manchmal ein Bein einschlief, war ihm das auch recht.

»Thayagasse, 21., seit 1953, nach dem Fluss in Niederösterreich«.

»Frohes-Schaffen-Weg, 21., amtlich seit 1982; vorher ebenso nicht amtlich«.

Aha, dachte Karajan, wieder was gelernt. Wenn auch nicht viel, so doch etwas. Karajan klappte das Buch zu, stand auf, zog die Hosen hinauf, betätigte die Spülung und machte sich kurz darauf auf den Weg in den 21. Bezirk, wo er eine Menge erleben sollte. Wenn er gewusst hätte, was er alles erleben würde, hätte er sich diesen Ausflug erspart. Aber da Karajan (ebenso wie der Autor dieser Zeilen) unfähig war, die Zukunft vorauszusehen, spazierte er eben nichts ahnend ins Verderben, doch wir (der Autor und sein Freund Peter, genannt Pezi) wollen nicht vorgreifen.

»Meinst du mich?«, fragt Pezi.

»Ja, denn du sollst mir helfen, diese Geschichte voranzutreiben und zu einem Ende zu bringen. Ich könnte mir vorstellen, dass du ein kongenialer Partner wärst.«

»Gut, einverstanden.«

»Vor allem sollst du mich daran hindern, halblustige Witze zu reißen …«

»Prima, darin bin ich gut, in der Vermeidung von halblustigen Witzen. Praktisch bin ich ein Halblustige-Witze-Vermeider par excellence …«

»Ja, ist schon gut, jetzt pass auf.«

Karajan machte sich also auf den Weg …

»Solange er sich nicht in die Hose macht …«

»Pezi, du hast wohl vergessen, was deine Aufgabe ist!«

»Nein, nein, ich weiß genau, was von mir verlangt wird, mach dir nicht ins Hemd.«

Karajan schwang sich auf sein Fahrrad …

»Das klingt zu sehr nach Pferd«, kritisiert Pezi, »wir sind ja nicht im Wilden Westen, sondern im Müden Osten.«

»Pezi, so habe ich das nicht gemeint, dass du mir ständig dazwischenfunkst.«

»Was jetzt? Ich soll dir helfen, hat es geheißen.«

»Nein, ich habe es mir anders überlegt, ich schmeiße dich aus der Geschichte raus, und mich gleich dazu!«

Karajan fuhr mit dem Fahrrad zum Praterstern. Er war müde, eine Vorahnung vielleicht, jedenfalls musste er plötzlich an ein kleines Gedicht vom großen Ernst Jandl denken: »je müder / ich bin / desto lieber / bin ich / in wien«. Er brachte das Kunststück zusammen, gleichzeitig zu lachen und zu gähnen, der Fahrtwind blies ihm in den Mund, er jauchzte plötzlich vor lauter Lebensfreude, die Bäume rissen sich von ihren Wurzeln los, stiegen himmelwärts und es regnete Blätter. Ja, der Herbst geigte groß auf, und Karajan strampelte flugs dahin, über Stock und Stein, denn er fuhr nicht auf der asphaltierten Hauptallee, sondern auf dem Weg daneben im Slalom zwischen Joggern, Müttern mit Kinderwagen, Pferden mit Reiterinnen und so weiter. Mit einem Schlag war alle Müdigkeit von ihm gewichen, Karajan pfiff sich eins, die Sonne ebenfalls, denn sie schien hemmungslos zwischen den fliegenden Bäumen hindurch. Die Feuerwanzen rotteten sich zusammen, wie es so ihre Art ist, und die Kastanien taten es den Blättern nach. Die Kastanien waren ungewöhnlich groß in diesem Jahr, es ging demzufolge eine gewisse Gefahr von ihnen aus. Fliegende Bäume, große Kastanien – da kann man eins und eins zusammenzählen.

Ich habe die Sache überschlafen und will in einer anderen Tonart fortfahren:

Karajan stellte sein Fahrrad am Praterstern ab und ging hinab zur U-Bahn. Er hatte ein flaues Gefühl im Magen, so vieles stimmte nicht, passte nicht, er fühlte sich ungewaschen, alles kam ihm fehlerhaft und hässlich vor, er stellte sich vor, wie es wäre, vor einer schönen Frau zu stehen, ihr mit dem Finger auf die Stirn zu klopfen und zu sagen: »Klopfe, und es wird dir aufgetan.« Vor lauter Scham krümmte sich Karajan zusammen, als habe ihm wer in den Magen geschlagen, seine Persönlichkeit fiel wie ein Kartenhaus in sich zusammen, sein Magen krampfte sich zusammen (aller guten Dinge sind drei), ein wildfremder Mann stieß ihm im Vorbeigehen den Ellenbogen in die Rippen, er kippen um, am Boden liegen, sagen: »Scheißen!« Und wieder aufstehen und gehen zur U-Bahn. Alles halb so wild, nur ein Nachwehen von irgendwas, ej, was schon lange tot, EJ!

Karajan setzte sich auf einen freien Platz. Nein, auf einen besetzten setzte er sich, also auf einen wildfremden Mann drauf. Kein Wunder, dass er einen Ellenbogen in die Rippen bekam. Oder bekam er einen Ellbogen in die Rippen? Pezi, was meinst du? Aber Pezi ist nicht mehr da.

Aber Karajan ist da. Er ist so sehr da, dass er nie wieder woanders sein wird. Weil wenn man da ist, wo Karajan bald sein wird, gibt es kein Zurück. Weil mit der Sprache kann man machen, was man will. Verstehe das, wer will. Hm. Weil ohne Körper geht gar nichts. Ohne Körper kann man sich brausen gehen. Und wer glaubt denn heutzutage noch an die unsterbliche Seele? Gibt es überhaupt noch Menschen, die an die unsterbliche Seele des Menschen oder im Menschen glauben? Vielleicht irgendwelche Menschen auf dem Land, in irgendwelchen Gebirgsdörfern vielleicht, ich weiß es nicht. Dieser Absatz ist ein tiefer Ausdruck einer veritablen Krise.

Karajan ist dick und groß, sein Haar ist lang, doch kurz geschoren. Es ist ein Haar, das Fülle trotz Glatze evoziert, es ist ein Haar, das aus Nase und Ohren kommt, man kann es aber nicht sehen. Ganz anders die Muttermale! Karajan hat viele Oberlippen-Muttermale, das sieht aus, als ob dort ein paar dicke Bartstoppeln sprössen. Es handelt sich aber um Muttermale. Karajan ist dünn und klein, er singt jetzt: »Froh zu sein, bedarf es wenig, und wer froh ist, ist ein König«, aber nur ganz leise, um die anderen Passagiere bzw. Fahrgäste nicht zu belästigen. Inzwischen kann man sich ein gutes Bild von Karajan machen. Man soll ihm näherkommen, damit sein Verlust umso mehr unter die Haut geht. Jetzt wurde etwas vorweggenommen, das sich schon angekündigt hat.

Es tut mir leid, dass ich Pezi aus der Geschichte genommen habe. Er fehlt mir, ich vermisse seine Invektiven.

Karajan sieht den Haltegriffen zu, wie sie sich hin und her bewegen, wie sie tanzen, so kommt es ihm vor, die Haltegriffe tanzen, ich könnte sie dirigieren, denkt Karajan, dann würde ich meinem Namen alle Ehre machen, aber Herbert von, du bist mir nicht geheuer, also wende ich mich der Beobachtung der mitfahrenden Mitmenschen zu. Hat nicht ein gewisser Handke ein hübsches Stück geschrieben über die Menschen in der U-Bahn? Karajan kratzt sich nachdenklich am Kopf und kitzelt aus den Tiefen seines Bewusstseins folgende Sätze an die Oberfläche: »Ihr Vogelscheuchen auf den Fruchtlosfeldern der sogenannten Weltöffentlichkeit, Vogelscheuchen und zugleich im eigenen Netz gefangene Vögel. Nichts mehr, was an dir je flattert. Kein Flattern deiner Hände ...« Karajan beginnt augenblicklich mit seinen

Händen in der Luft herumzufuchteln, bis ihn die Blicke der sogenannten Vogelscheuchen wieder zur Besinnung bringen. Er grinst verlegen und schließt die Augen.

Herbert von Karajan und Salzburg – pfui Teufel, um es in aller Deutlichkeit und Ausführlichkeit zu sagen! Am 5. April 2008 jährt sich zum 100. Mal der Geburtstag von Herbert von Karajan. Ein ganzes Jahr voller Jubiläumsaktivitäten ist geplant. Auf Basis des umfassenden und vielseitigen Schaffens Herbert von Karajans wird eine Reihe von Jubiläumsprojekten konzipiert, welche die facettenreiche Persönlichkeit des Maestros reflektieren sollen. Kann man das Jahr 2008 bitte überspringen? Astrid Lindgren lebe hoch! Zur Hölle mit Herbert von Karajan! Karl Jahn will seinen Spitznamen abstreifen wie eine lästige Haut, aber es gelingt ihm nicht, denn der Spitzname hat sich tief eingebrannt, er haftet an ihm wie

Unser Karajan weiß nichts von den für 2008 konzipierten Jubiläumsaktivitäten auf Basis des umfassenden und vielseitigen Schaffens des Maestros, während er sich auf dem Weg zum Gasthaus »Zum frohen Schaffen« befindet. (Alles schon lange her, an dieser Stelle ein wehmütiges Ach!) Endlich ist es so weit, die Vorfreude ist groß. Und immer wenn er Freude empfindet, wird er offen und hyperempfänglich für die Reize des anderen Geschlechts. Er denkt plötzlich sehnsüchtig an eine Elmy, eine Anita und eine Eliette, ohne dass er weiß, warum ihm ausgerechnet diese weiblichen Namen im Kopf herumschwirren. Elmy, Anita und Eliette – er lässt sich die Namen genüsslich auf der Zunge seiner Sehnsucht zergehen. Er wirft die Namen mit den Händen seiner Begierde hoch, er jongliert mit ihnen dank seiner Sehnsucht. So schließt sich der Kreis. Er beschließt, eine Elmy, eine Anita und eine Eliette kennenzulernen, denn er kennt keine einzige Weibsperson dieses Namens. Er muss schmunzeln über das Wort »Weibsperson«, und denkt, was bin ich doch für ein Mannsbild! Ein herzliches Lachen ergießt sich aus seiner Brust durch seinen Mund. Ach ja, seufzt er, eine Annika wäre natürlich auch nicht zu verachten, obwohl – die war mir eigentlich immer zuwider, die war mir zu brav, zu etepetete, die hätte ich am liebsten … Hier schweigt der Autor, denn er möchte sich seinen guten Ruf bewahren (sanfter, friedlicher Mann).

Karajan lachte. Er hätte fast vergessen, die U-Bahn zu verlassen an der Endstation, denn an der Endstation musste er raus, hinaus in den großen weiten 21. Bezirk (Floridsdorf) im Norden Wiens, wo Stammersdorf nicht weit ist, wo der Frohes-Schaffen-Weg in die Lavantgasse mündet.

Lavantgasse?

»Lavantgasse, 21., seit 1953, nach dem Fluss in Kärnten«. Warum ist die Gasse nicht nach der unglücklichen schwerkranken Christine Lavant benannt, die irgendwann einem Freund geschrieben hat: »Ich bin biologisch nicht 48, sondern 68 …« Karajan wird 2008 48 Jahre alt. Er nimmt sich vor, sich

NIE WIEDER UNABGESCHLOSSENE SÄTZE! Schließen wir den Satz mit einem Punkt ab: »er haftet an ihm wie.«

Und weiter so: »Er nimmt sich vor, sich.«

So geht das!

Pezi wollte eben etwas sagen, aber ich habe ihm den Mund verboten.

Karajan war von der Vergangenheit in die Gegenwart geflutscht, um es einmal so zu sagen, sodass er zwischenzeitlich nicht mehr wusste, wie ihm geschah. Er stand in der neuen U-Bahnstation Leopoldau und dachte über sein Leben nach. Mein Leben, dachte er, mein Leben. Er wandte sich abrupt dem Ausgang zu und schritt ins große weite Floridsdorf hinaus, auf der Suche nach der Thayagasse. Irgendwie war ihm voll und ganz nach Gegenwart zumute, also geht es so: Karajan wendet sich abrupt usw.

Hier an dieser Stelle muss der Autor erst einmal recherchieren, um überhaupt weiterschreiben zu können. Was wird mich im Gasthaus »Zum frohen Schaffen« erwarten? An dieser Stelle sei mir erlaubt, folgendes Abenteuer zwischenzuschieben: Unlängst lieh ich mir in der Öffentlichen Bücherei in der Kundmanngasse das Buch *Vom Abenteuer des Lesens* von Gerhard Falschlehner aus. Auf dem Weg nach Hause machte ich Zwischenstation im Café Zartl, wo ich bei einer Melange einen Blick in das ausgeliehene Buch werfen wollte. Ich schlug das Buch auf und gleich zu Beginn konnte ich lesen: »Die Idee zu diesem Buch kam im Kaffeehaus zur Welt. Die Schriftstellerin Barbara Frischmuth hatte zu mir – im Café Zartl bei einem kleinen Braunen – ganz nebenbei von der *Fröhlichkeit des Lesens* gesprochen.«

*3*

Karajan geht zuerst in die falsche Richtung. Als er beim Gasthaus »Zum Frohen Schaffen« angelangt ist, ist er bereits maßlos erschöpft. Trotzdem rafft er sich auf, den »Frohes-Schaffen-Weg« zu beschreiten. Dieser Weg ist sehr, sehr fad. Kleingartensiedlung, abgestellte Autos, Kleinfamilienhäuser – fad, fad, fad.

Er geht zurück zum Gasthaus »Zum frohen Schaffen«. Er setzt sich an einen der Tische im Garten. Es ist zwar kühl, aber die Sonne scheint.

Als Karajan der Kellnerin ins Auge schaut, denkt er sofort: Feindschaft auf den ersten Blick.

Er bestellt ein großes Bier. Während er auf das Bier wartet, macht er ein paar Notizen. Nachdem er das Bier bekommen hat, geht er zu dem Tisch, wo die Zeitungen liegen. Es liegen nicht nur Zeitungen dort, sondern auch zwei Bücher. Und da wird es ihm ganz unheimlich in der Brust, denn, er glaubt es kaum, die Bücher sind von Christine Lavant! Er schaut sich um, als erlaube sich jemand einen bösen Scherz mit ihm. Er rauft sich das Haar, er stöhnt auf. Die Kellnerin, der der Busen aus dem Ausschnitt quillt, lächelt ihn an, mit einer gehörigen Portion Verachtung. Karajan hat keine Lust, sich seine unheimliche Überraschung verderben zu lassen. Er greift mit beiden Händen zu, er schnappt sich eine Tageszeitung und die beiden Bücher von Christine Lavant.

Auf seinem Platz nimmt er einen großen Schluck, dann liest er die Titel der beiden Bücher: *Die Schöne im Mohnkleid* und *Nell.*

»Aha«, sagt Karajan, »schade, dass Pezi nicht hier ist.«

Die zwei alten Damen an einem der Nebentische schauen misstrauisch zu Karajan herüber. Die Damen werden doch wohl nicht das dritte Auge haben? Wer weiß, möglich ist es schon. Alte Damen verfügen manchmal über Kräfte, die man ihnen gar nicht zutrauen würde.

Keine Spekulationen, verlassen wir uns auf die Sinne, wie das schon Parmesan, ich meine, Parmenides gefordert hat … oder war das Heraklit, Demokrit, Hypokrit? Egal, wir lassen uns nicht einschüchtern!

Karajan schlug die Zeitung auf, das war eine Sache, bei der nichts schiefgehen konnte.

Ein gewisser Dieter Strasser schrieb unter der Überschrift »Kein Wursteln mehr im Wurstelprater« in der Tageszeitung KURIER: »Unterm neu gestalteten Bahnhof am Praterstern haben die ersten Chinalokale und Cafés, in denen Männer Bier frühstücken, Platz gefunden. Bald kommen U-Bahn und Europameisterschaft und für den Wurstelprater ein neues Gesicht.«

Karajan legt die Zeitung weg und schlägt das Buch *Die Schöne im Mohnkleid* auf. Wie es so seine Art ist, liest er bei einem ihm unbekannten Buch immer zuerst den ersten Satz und dann den letzten, und dann einen aus der Mitte, um sich für oder gegen die Lektüre zu entscheiden:

»Ich möchte für Ingeborg etwas schreiben.«

»Mehr als diese Bitte kann ich für dich und mich nicht mehr tun.«

»Ach, wie empfand man da den Himmel mit einem Male als Heilsames über allem.«

Karajan sagt: »Pft« und nimmt das Buch *Nell* zur Hand:

»Diese Kirche war in der Systemzeit aus der Scheune des ehemaligen Herrenhofes gebaut worden.«

»Dann fiel er vor Leningrad.«

»Die Alte ohne das Kind wird ein wahrer Segen sein.«

»Nein«, sagt Karajan, bringt beide Bücher und die Tageszeitung zurück, bezahlt bei der vollbusigen Kellnerin, würdigt sie keines Blickes, sagt einen Abschiedsgruß, der nicht erwidert wird, spaziert zurück zur U-Bahn und dann geht alles sehr schnell:

Leopoldau
Großfeldsiedlung
Aderklaaer Straße

Rennbahnweg
Kagraner Platz
Kagran
Alte Donau
Kaisermühlen – Vienna Int. Centre
Donauinsel
Vorgartenstraße
Praterstern

Karajan steigt aus, geht beschwingt die Prater Hauptallee entlang und wird von einer Kastanie erschlagen. Er ist sofort tot.

PS: In seiner Jackentasche findet sich ein Zettel mit ein paar Notizen und ein Zeitungsausschnitt.

Auf dem Zettel steht:

»Ordnung ist das halbe Buch
Steuer in die Hand nehmen, jetzt und hier
Dirigieren!!!«

Der Zeitungssausschnitt stammt aus einer Rezension von Alissa Walser (über Robert Menasses Roman *Don Juan de la Mancha oder Die Erziehung der Lust*):

»Ich bin verklemmt. Umso gespannter las ich, mal ganz abgesehen davon, dass ich beim Lesen oft gelacht habe, was mir bei Texten, die so offensichtlich lustig auf einen zukommen, sehr selten passiert. Meistens finde ich solche Texte tieftraurig: das Gefühl, ich soll unterhalten werden, damit etwas nicht zur Sprache kommt, Witze wie ausgeliehen aus den letzten hundert Jahren Slapstick, die keinen anderen Grund als den haben, eine Leere abzudecken, die tröstlich sein könnte.«

Moment, da befindet sich noch ein Zettel. Fast unleserlich steht darauf geschrieben: »Da sieht man wieder, wie wichtig es ist, nicht die falschen, sondern die richtigen Bücher zu lesen.«

Weiß der Teufel, was Karajan damit gemeint hat.

# Tränen unter dem Weihnachtsbaum

Es ist einen Tag vor Weihnachten gewesen, ich bin mit dem Zug nach Hause gefahren zu meiner Mutter, um dort Weihnachten zu feiern mit meinem Bruder und meiner Schwester und ihren Familien. Der Zug ist ganz überfüllt gewesen, aber ich habe einen Sitzplatz gehabt, weil ich habe einen Platz reservieren lassen, damit ich nicht die ganze Zeit stehen muss. War eine gute Idee, aber ich bin zu gut für diese Welt. Es ist nämlich so gewesen, dass plötzlich ein Mann und eine Frau aufgetaucht sind, die haben sich durch die Menge gedrängt, und die Frau hat ein kleines Kind im Arm gehabt. Habe ich ein gerührtes Herz bekommen und eine positive Gänsehaut, weil die beiden haben eine große Ausstrahlung gehabt. Bin ich gleich aufgestanden und habe meinen Sitzplatz großzügig angeboten. Der Mann und die Frau haben sich gefreut und sich bedankt für meine Güte. Zuerst hat sich der Mann gesetzt, und auf ihn drauf dann die Frau mit dem Kind im Arm. Wir haben eine kleine Konversation gemacht, und ich habe erfahren, dass die Frau Maria heißt und der Mann Josef. Den Namen von dem Kind habe ich leider nicht verstanden, habe ich nachgefragt, und da hat der Mann, der gegenüber gesessen ist, sich plötzlich eingemischt und gemeint, ich bin ein Trottel. Habe ich überlegt, was ich sagen soll, aber ich bin abgedrängt worden von einer Gruppe von jungen Menschen, habe ich mich um meinen Rucksack gekümmert und die Sache vergessen, bis ich wieder zur Ruhe gekommen bin. Aber dann ist es schnell gegangen, bin ich schon am Ziel gewesen, wo ich gleich ganz viel Schnee gesehen habe, was ich sonst nur selten sehe. Der Schnee ist weiß gewesen, nicht so grau und matschig wie in der Stadt, er hat die Nacht heller gemacht, und ich habe trotz allem eine Vorfreude auf den Weihnachtsabend bekommen, so ein warmes Gefühl in der Brust, wie man sagt.

In der Bahnhofshalle ist mein großer Bruder Martin gestanden, der hat mich abgeholt. Er hat gleich gesagt, dass ich nicht gut aussehe, aber das sagt er jedes Mal, weil er glaubt, die Großstadt ist nicht gut für mich, weil es dort ungesund ist und die Menschen allein sind. Er hat gefragt, wie die Fahrt gewesen ist, und dann hat er gefragt, warum ich immer noch kein Auto habe, weil doch heutzutage jeder ein Auto hat. Habe ich gesagt, ich habe mir vom Christkind ein Auto gewünscht. Hat mein Bruder gesagt: Gut so, vielleicht klappt es ja heuer! Jedes Jahr wünsche ich mir zum Spaß ein Auto vom Christkind, aber ich bekomme keines, weil ich auch gar keinen Führerschein habe. Ich brauche kein Auto, weil ich habe die Straßenbahn, die U-Bahn, die S-Bahn, den Bus und den Zug.

Sind wir bald zu Hause gewesen, also bei meiner Mutter, wo auch meine Schwester gewesen ist und alle Kinder. War ein großes Hallo, habe ich viele Küsse bekommen, dann gleich etwas zu essen, das mir sehr gut geschmeckt hat. Das Haus der Mutter ist ganz in der Nähe von den Häusern, die meine Schwester und mein Bruder gebaut haben: zwei Häuser auf einem Grundstück. Die Häuser stehen nebeneinander, durch den Keller kann man von einem zum anderen gehen, und dort in den Häusern findet seit ein paar Jahren auch immer die Weihnachtsfeier statt. Im Haus vom Bruder ist das Essen, bei meiner Schwester die Bescherung. Meine Schwester heißt übrigens Ursula, sie hat zwei Kinder, die heißen Max und Anna. Mein Bruder hat nur ein Kind, das heißt Philipp. Wir haben geredet, dann sind mein Bruder und meine Schwester mit ihren Kindern nach Hause gegangen, und ich habe mit der Mutter allein geredet. Vorher hat Martin noch gesagt, was er immer wieder sagt, dass ich nicht mehr Deutsch kann, und dass er es nicht schön findet, wie ich rede. Wenn er das sagt, bin ich immer traurig, und wenn ich schreiben könnte, würde ich alles aufschreiben ... Wir haben auch über meinen Vater geredet, der vor ungefähr zehn Jahren gestorben ist, da bin ich jung und dumm gewesen, das muss ich sagen. Mein Vater ist nach dem Weihnachtsabend gestorben, in der Nacht vom 24. zum 25. Dezember, und das ist auch meine Schuld gewesen, glaubt mein Bruder Martin, auch wenn er es nicht sagt, und dass ein Jahr später meine Großmutter gestorben ist, das ist vielleicht auch meine Schuld gewesen, weil ich eine Dummheit gemacht habe, die ich mir nicht verzeihen kann ... Meine Schwester denkt nicht, dass ich schuld bin, dass mein Vater und die Oma tot sind. Ich weiß nicht, wie oft ich schon mit meiner Mutter darüber geredet habe, aber sie will nicht darüber reden. Sie sagt, ich soll mir keinen Kopf machen, das ist Schnee von gestern. Ich verstehe, was sie damit sagen will. Haben wir über andere Dinge geredet. Meine Mutter wünscht sich, dass ich eine Frau finde und Kinder habe. Mein Bruder sagt, dass ich zu dumm bin, eine Frau und ein Kind zu haben. Er hat die Meinung, dass ich zu dumm bin für alles, weil mein Kopf nicht richtig funktioniert. Einmal hat er zu mir gesagt, dass die Dummheit aus meinen Augen leuchtet. Jetzt muss ich darüber lachen, weil das ist nicht am Weihnachtsabend gewesen, wo man ja sagt, dass die Augen der Kinder leuchten, wenn das Christkind kommt. Ich habe Martin sehr gern, er ist mein großer Bruder, aber manchmal ist er auch ein großer Vorwurf.

Wie jedes Jahr ist endlich das Christkind gekommen. Davor haben wir ein gutes Essen gehabt. Diesmal ist es ein biologisches Wildschwein gewesen, wie meine Mutter gesagt hat, dazu hat es Knödel gegeben und eine Mischung aus verschiedenem Gemüse, und die halben Pfirsiche mit den Preiselbeeren darin haben auch nicht fehlen dürfen. Im Jahr davor hat es einen Truthahn mit Maroni und sonst noch allerlei gegeben, kann ich mich erinnern … Bei dem Essen sind natürlich der Schwager und die Schwägerin auch dabei gewesen, die Kinder waren ganz aufgeregt, sie glauben noch an das Christkind, und ihre Augen haben wirklich geleuchtet, aber vor lauter Freude, nicht wegen etwas anderem. Und die Augen von meinem Bruder haben auch geleuchtet, ich glaube aber hauptsächlich deshalb, weil er gleich sehr viel getrunken hat von dem guten Wein, und seine Frau hat zu ihm gesagt, er soll nicht schon wieder eine Flasche aufmachen. Martin hat schon vor dem Essen getrunken, da sind es ein paar Flaschen Bier gewesen. Er hat schon immer gern getrunken, so wie auch unser Vater, der manchmal ganz besoffen gewesen ist und nicht mehr gewusst hat, was er sagt … So schlimm ist es mit meinem Bruder nicht, aber manchmal mache ich mir Sorgen.

Wenn ich an Weihnachten zu Hause bin, habe ich immer eine große Traurigkeit in mir, zum Beispiel auch deshalb, weil die Zeit so schnell vergeht. Was ist aus meinem großen Bruder geworden? Was ist aus meiner kleinen Schwester geworden? Wie geht es meiner Mutter, wenn sie allein ist? Ich glaube, sie ist sehr oft allein, weil meine Geschwister nicht viel Zeit haben, und ich bin sowieso weit weg … Und wie wird es den Kindern gehen, Max, Anna und Philipp, wenn sie größer sind und nicht mehr an das Christkind glauben können? Bei der Bescherung ist eine Katastrophe passiert, weil es ist so gewesen, dass Philipp, der Sohn von Martin, eine leere Hülle bekommen hat, das heißt, es ist kein Spiel in der Verpackung gewesen, weil das hat schon jemand im Geschäft aus der Verpackung heraus gestohlen, ohne dass jemand etwas gemerkt hat. Das ist eine Katastrophe gewesen, und Philipp hat gesagt, das war sein allergrößter Wunsch, ein Computerspiel, und wenn er das Christkind trifft, bringt er es um. Er hat geweint und hat die Welt nicht mehr verstanden. Das war eine ganz große Enttäuschung für ihn, die er das ganze Leben lang nicht vergessen wird, da bin ich mir sicher. Aber es ist dann auch noch lustig geworden. Mein Bruder hat mir tatsächlich ein Auto geschenkt! Ein kleines Spielzeugauto, das hat mich sehr gefreut, weil es lustig gewesen ist. Meine Schwester und meine Mutter haben mir dicke Bücher geschenkt, weil ich so gern lese. Ich habe nichts geschenkt, ich habe das schon vor vielen Jahren gesagt, dass ich nichts mehr schenke, und das hat natürlich mit dem Geschenk zu tun, das ich meinem Vater damals geschenkt habe, was fatale Folgen gehabt hat, und was ich bis heute nicht überwunden habe, obwohl meine Mutter sagt, ich soll mir keinen Kopf machen, weil das ist Schnee von gestern. Habe ich, seit ich denken kann, immer das Gefühl, alles falsch zu machen, nichts richtig zu verstehen und immer danebenzustehen in einem Nebel.

Lustig ist auch noch gewesen, wie wir die Weihnachtslieder gesungen haben: *Ihr Kinderlein kommet*, *O Tannenbaum*, *Leise rieselt der Schnee*, und natürlich auch *Stille Nacht, heilige Nacht*. Weil alle so falsch gesungen haben, haben wir viel lachen müssen, die Kinder haben einen richtigen Lachkrampf bekommen von der Singerei. Das sind Momente, die sehr schön sind. Und da denke ich immer an die Oma, als sie noch dabei gewesen ist, und dass ich sie ganz tief verärgert habe, was vielleicht zu ihrem Tod geführt hat. Es ist so gewesen, dass sie mich immer genervt hat, weil ich immer so viele Zigaretten geraucht habe. Die ganze Zeit hat sie gesagt, ich soll mit dem Rauchen aufhören, weil das ist schlecht für die Lunge, das kostet viel Geld, das macht einen üblen Geruch und so weiter. Immer wieder hat sie das gesagt, hundert Mal am Tag, und dann ausgerechnet am Weihnachtsabend bin ich in das Zimmer gekommen und habe gleich zwei Zigaretten im Mund gehabt, weil ich einen Witz machen wollte. Meine Witze haben manchmal schlechte Folgen gehabt, und ich bereue es, dass ich manche Witze gemacht habe. Die Oma hat den Spaß nicht verstanden, sie ist aufgesprungen, hat ganz laut geschimpft, hat nach Luft geschnappt und ist davongelaufen. Sie wollte zu sich nach Hause gehen, aber ich bin ihr dann nachgelaufen durch den Schnee und habe sie überreden können, zurückzukommen. Zwei Tage später ist sie gestorben, das ist nicht schön gewesen, besonders für mich nicht, weil ich mich schuldig gefühlt habe. Die Weihnachtsfeiertage bei uns sind immer mit traurigen Erinnerungen verbunden, aber zum Glück gibt es die Kinder, die nichts davon wissen …

Es ist so gewesen, dass ich meinem Vater eine Freude machen wollte mit einem Geschenk, das ich selbst gebastelt habe. Ich habe gedacht, es ist ein originelles Geschenk und mein Vater freut sich darüber, dass ich etwas für ihn gebastelt habe. Alle sagen immer wieder, die selbst gebastelten Geschenke sind die wertvollsten, die am meisten Freude machen, weil sie etwas ganz Persönliches sind. Aber mein Vater hat sich nicht gefreut, sondern ganz im Gegenteil, er ist wütend gewesen und hat gesagt, das ist eine Frechheit, und dass ich ihn nicht verstehe, dass ich ihn total missverstehe und dass das Geschenk eine große Dummheit ist. Das habe ich nicht gewollt, mein Bruder sagt, dass ich schon immer dumm gewesen bin, das tut mir weh, aber wahrscheinlich hat er recht, jedenfalls kann ich die Vergangenheit nicht anders machen, auch wenn ich mir das noch so sehr wünsche. Wie gesagt, ich habe wirklich gedacht, ich habe ein besonders schönes Geschenk für meinen Vater, und ich habe mich gefreut auf seine Freude, aber damit war nichts, sondern der Weihnachtsabend ist versaut gewesen. Ich habe eine Dart-Scheibe gebastelt, aus Styropor, rund ausgeschnitten, und ich habe Wurfpfeile dazu gekauft, weil die habe ich nicht basteln können, und dann habe ich Bilder von linken Politikern ausgeschnitten, aber auch von Schwulen und Feministinnen, und die habe ich schön auf die Scheibe geklebt und wollte ihm eine Freude damit machen, weil er immer über die Sozis und die Roten geschimpft hat, und eben über die Auswüchse mit den Schwulen und den Emanzen und so weiter. Mein Vater ist ein sehr konservativer und gläubiger Mann gewesen, und er hat sich von mir verarscht gefühlt, und ich habe es nicht wiedergutmachen können, weil er nicht zugehört hat und ich unsicher gewesen bin … In der Nacht vom 24. zum 25. Dezember hat er dann einen schweren Herzinfarkt bekommen, an dem er nach einem halben Tag gestorben ist. Er ist nicht mehr aufgewacht, und ich muss mit meiner Schuld leben. Seit diesen Weihnachten mache ich keine Geschenke mehr.

Ich habe zu meinem Bruder gesagt, dass ich mich freue über das Auto. Sein Philipp hat es später genommen und ist damit in der Krippe herumgefahren. Er ist zwischen Josef und Maria, dem Jesuskind und den Hirten herumgekurvt mit lautem Trara. Dann hat er den Esel und den Ochsen zusammengefahren und auch das Jesuskind, das hat er immer wieder überfahren, es ist ein großer Spaß gewesen, was er alles dazu gesagt hat, und wie alle gelacht haben, da hat es mich plötzlich ganz fest geschüttelt innerlich, habe ich es nicht zurückhalten können, ist das Weinen ausgebrochen mit voller Wucht, habe ich geweint und geweint, und man hat mich getröstet, das hat mich noch mehr zum Weinen gebracht, die Kinder haben sich nicht ausgekannt, der komische Onkel hat sich wieder danebenbenommen, ich habe durch die Tränen Josef und Maria verschwommen gesehen, die sich über das Jesuskind gebeugt haben, und alles hat mir wehgetan, was jemals war und die Gegenwart, und ich habe Angst vor der Zukunft gehabt, in der ich auch nicht mehr verstehen werde als jetzt, weil ich immer der dumme Onkel bleiben werde, ohne Aussicht auf Erkenntnis und Erlösung, damit muss ich leben bis an mein Lebensende.

# Am Sand, Jänner 2003

Sehr geehrte wohlhabende Damen und Herren,

ich will gleich mit der Tür ins Haus fallen: Hierbei handelt es sich um einen Bettelbrief, zu dessen Abfassung ich mich leider gezwungen sehe, weil ich finanziell aus dem letzten Loch pfeife, was ganz jämmerlich klingt, das können Sie mir glauben. Also ganz so schlimm ist es zum Glück noch nicht, aber da ich bisher in Saus und Braus gelebt habe, mache ich mir nun, da die Wolken am Horizont aufzuziehen sich anschicken, große Sorgen. Verzeihen Sie die gespreizte und stümperhafte Sprache, die Angst um meine Zukunft lässt mich dümmlich witzeln und entgleisen, aus lauter Verzweiflung und Galgenhumor. Ich habe eine Frau, ich habe ein Kind! Und außerdem habe ich einen schönen Beruf, der aber leider kein Geld einbringt, also kaum, um genau zu sein. Zumindest derzeit sieht es ganz düster aus, und so sehe ich mich zu diesem ungewöhnlichen und nicht ganz sympathischen Schritt gezwungen. Auf Sympathie oder so was kann ich derzeit keinen Wert legen, wenn die Selbstachtung zum Teufel gehen will, soll sie gehen, ich bin nur in meinem Werk zu Hause und bei Frau und Kind, in diversen Lokalen, Städten, Ländern und an gewissen Orten, Punkten und Stellen. Da muss man sich geistig zu helfen wissen, aber ich fürchte, ich komme ab. Ich bin übrigens Schriftsteller, was ich zu erwähnen vergaß. Es ist so: Immer habe ich großspurig verkündet, dass mir Zeit wichtiger ist als Geld, und nun habe ich den Salat. Ich habe es immer so haben wollen (seit 1. April 2002 bin ich ein sog. freier Schriftsteller bzw. Vollzeitschriftsteller – kein Scherz!), und das habe ich nun davon, wie gesagt. Geldmangel lähmt, beflügelt mich derzeit nur beim Schreiben von Bettelbriefen, das sind aber Flügel, die man vergessen kann. Da komme ich nicht vom Boden weg, sondern stehe ganz bedrückt darauf herum und flattere hilflos vor mich hin. Da ich weiß, dass Sie Geld im Übermaß, wie Heu und zum Saufüttern haben, wende ich mich heute an Sie mit der großen Bitte, mir einen Betrag auf das unten angeführte Konto zu überweisen, damit ich zum Beispiel weiterhin mit meinem achtjährigen Sohn jeden Freitag in die Spielhalle gehen kann, ohne vorher seine Mutter anpumpen zu müssen, die übrigens, nebenbei gesagt, auf ihrem Konto ebenfalls ein Minus von schwindelerregender Tiefe hat. Und das ist auch so eine Sache, die Sie bedenken sollten, bevor Sie die Überweisung tätigen, für die ich mich schon im Vorhinein recht herzlich bedanke, und die ist die, dass so ein Geldmangel, diese oben angedeutete Lähmung, sich, abgesehen von ihren Auswirkungen auf die Syntax, auch auf die Beziehung zwischen Mann und Frau auswirkt, in meinem Fall noch schlimmer: Papi und Mami. Lassen Sie mich erklären: Habe ich kein Geld, werde ich grantig, depressiv und aggressiv – Letzteres, weil ich eine Wut auf mich selber habe, die ich gegen meine geliebte Frau richte, weil es beschämend ist, sie anbetteln zu müssen, und dann ist da die Selbstachtung gefordert, es ist ein elendes Durcheinander, Geldmangel vergiftet alles, auch meine Sprache wird dadurch ganz arm und wirr, und wer muss am meisten leiden? Ein lieber, kleiner Junge, der bis vor kurzem noch vertrauensvoll in eine Zukunft geblickt hat, in der alles Saus und Braus ist, kein Schatten seinen hellen Blick trübt, kein billiges Futter ohne Qualität seinen Magen beleidigt usw. Ich hoffe, Sie können ersehen, dass es mir sehr, sehr schlecht geht, weil mir einfach das Geld ausgeht, weil ich zu blöd bin, eines auf die Beine zu stellen (Selbsthass) … Ich weiß, anderen geht es noch schlechter als mir, aber die sind, nein, *das ist* mir im Moment wurscht, d. h. es hindert Sie ja nichts daran, auch denen, denen es noch schlechter geht als mir, was zu spendieren. Bei mir ist es noch nicht ganz dunkel, aber ein bisschen mehr Licht wäre schon fein. Je größer die Summe, desto kleiner die Zukunftsangst … Dies ist ein Verzweiflungsaufschrei von einem der besten, wiewohl unbekanntesten Schriftsteller Österreichs, von dem Sie bisher bestimmt noch nie was gehört haben, obwohl ich auch schon im Radio und sogar im Fernsehen war. Je nachdem, wie viel Geld Sie mir überweisen oder überweisen lassen, schicke ich Ihnen dann zum Dank eines oder mehrere meiner von der Kritik und dem Publikum leider zum Großteil arg zerzausten, arg ignorierten oder arg missverstandenen Bücher, unter denen sich aber auch hochgelobte befinden. So wurde z. B. eines meiner Werke sehr positiv in dem renommierten Blatt *Freies Wort Suhl* besprochen. Das hat aber leider auch kein Geld eingebracht, weil es keine Auswirkungen auf den Buchverkauf hatte, also schreibe ich diesen Brief hier, der in einer Tradition steht. Enttäuschen Sie mich nicht, denken Sie an das Kind, geben Sie sich einen Ruck und mir einen Scheck. Wie gesagt, wenn ich nicht unter Geldmangel leide, schreibe ich anders. Danke!

PS: Ktnr: 2063832
Blz: 60000

# Karin und die Schnäppchen

Ich packe die Gelegenheit beim Schopf und erzähle, was ich in den letzten Tagen erlebt habe. Mein Leben ist oft dermaßen spannend, originell und unkonventionell, dass es kaum zu glauben ist, aber sehen Sie selbst: Gestern traf ich Karin im Schwarzen Café. Sie verdient nicht viel, hat gelegentlich Geldsorgen, und als ich sie vor ungefähr vier Jahren kennenlernte, fragte sie mich gleich mal: »Freundschaft oder Liebschaft?« Ich war damals schwer beeindruckt, trotzdem hat meine Antwort gelautet: »Freundschaft, weil für eine Liebschaft bin ich derzeit zu depressiv.« Ich will nicht weiter ins Detail gehen. Nach Regen kommt Sonnenschein, hat mein Großvater gern gesagt, und ich kann ihm nur recht geben. Um ehrlich zu sein, ich liebe den Regen mehr als den Sonnenschein. Ich nehme jede Gelegenheit wahr, mich bei starkem Regen ins Bett zurückzuziehen. Nichts ist schöner, als im Bett zu liegen, wenn es draußen prasselt, plätschert und donnert. Aber eigentlich wollte ich was von Karin erzählen. Irgendwann empfahl ich ihr, Texte für Literaturwettbewerbe zu schreiben, bei denen es neben Ruhm und Ehre auch Geld zu gewinnen gibt. Und gestern im Schwarzen Café erzählte sie mir, dass sie sich vor Wochen im Internet schlau gemacht und den Wettbewerb zum Thema »Gelegenheiten« ins Auge gefasst habe. Schreiben sei schwer, meinte sie, denn sie war noch nicht weit gekommen. Sie wollte mich gestern Abend nur kurz treffen, weil sie von ihrer Arbeit so kaputt sei, und ich wollte gestern eigentlich einen alkoholfreien Tag einlegen, aber als ihr Anruf kam, war die Gelegenheit günstig, meiner Frau reinen Wein einzuschenken, indem ich sagte, dass ich den Regen zwar sehr liebe, aber in Wahrheit nicht mehr als den Sonnenschein. Meine Frau versteht mich manchmal nicht. Karin legte zur Begrüßung ihren Kopf auf meine Brust, das hätte auch meinem Großvater gut gefallen. Mein Großvater hat Gedichte geschrieben. Er ist gestorben, als ich 14 war. Meine Großmutter, die auch schon lange tot ist, hat mir einmal zwei Gedichte von ihm gegeben, die ich dann verloren oder verschlampt habe. Es waren einfache Gedichte, ich will nicht sagen, dass es schlechte Gedichte waren, es waren rührende Gedichte, sagen wir so. Das eine war ein Liebesgedicht, das andere ein Gedicht, das er nach dem Tod seines Vaters geschrieben hatte, das in der dritten Strophe ebenfalls zum Liebesgedicht wird. So habe ich es in Erinnerung. Ich weiß nichts über den Vater meines Großvaters. Zurück zu Karin, mit der ich gestern an der Bar des Schwarzen Cafés gesessen bin. Sie hat mich eingeladen, einmal mit ihr Schwammerl suchen zu gehen. Wenn man die isst, wird alles lustig. Ich erzählte von dem Dichter Christian Loidl, bei dem es nicht lustig geworden ist, nachdem er Schwammerl gegessen hat. Bei dem war es nämlich so, dass er mit dem Koffer aus dem Fenster spaziert ist – aus dem Fenster des dritten Stockes. Der Spaß hat ihn das Leben gekostet. Er hat Sätze geschrieben wie: »ich habe deiner oma / die augen aus dem kopf herausgeholt / und habe sie gebraten / wir möchten uns alle sehr herzlich bedanken / sie waren sehr gut« – Das ist Literatur, dagegen sind die ganzen spannenden und amüsanten Bestseller ein Schmarren. Verena, eine Deutschlehrerin, schwärmte mir gestern vom neuen Buch von Thomas Glavinic vor. Ich dachte nur, jaja, lest nur alle dieselben Bücher, schwärmt nur alle von denen, von denen alle schwärmen. Bravo, weiter so, es genügen eigentlich ein paar Bestsellerautoren, und der Rest soll aus dem Fenster springen. Karin ist da ganz anders! Karin hat den Versuch gemacht, etwas zu schreiben, damit ein Geld hereinkommt. Bei jeder Gelegenheit hat sie über das Thema »Gelegenheiten« nachgedacht. Haha, ich bin schon ein ganz ein origineller Schreiberling, das muss ich mir lassen. Wie ein Schmetterling erhebe ich mich in die Lüfte, um von oben eine originelle Perspektive zu haben. Der Preis heißt »Putlitzer Preis« und es gibt 150 Euro zu gewinnen. Also mir ist das zu wenig Geld, dafür würde ich nie was schreiben. Karin hat Folgendes geschrieben, bis jetzt: »Gelegenheiten – Schnäppchen«. Mehr nicht, nur: »Gelegenheiten – Schnäppchen«. Sie habe wieder einmal erfahren müssen, wie schwer es sei, etwas zu schreiben. Siehst du, siehst du, wem sagst du das, sagte ich. Ich schaue jetzt mal, ob ich den Putlitzer Preis im Internet finde. – Folgendes habe ich herausgefunden: Es gibt nicht nur 150 Euro zu gewinnen, sondern zusätzlich eine freie Übernachtung für zwei Personen in Putlitz. Weiters gibt es für den zweiten Platz 70 und für den dritten Platz 50 Euro zu gewinnen. Ich verstehe, dass Karin da mitmachen will. Vielleicht fällt ihr noch etwas Hübsches zum Thema ein, ich würde es ihr gönnen. Und als ich vorhin »Putlitzer Preis« eingab, wurde ich zuerst gefragt: »Meinten Sie: *Pulitzer Preis*?« Und da dachte ich mir, wäre vielleicht doch ganz gut, den Putlitzer Preis zu gewinnen, weil dann glaubt jeder Zweite, ich hätte den hochangesehenen Pulitzer Preis gewonnen! In der Ausschreibung steht: »Wir erwarten spannende, originelle, unkonventionelle Storys.« Außerdem sollen nicht mehr als 1000 Wörter verwendet werden. Für 1000 Wörter nur 150 Euro, das ist ein bisschen wenig. Nein, da mache ich sicher nicht mit! Ich drücke Karin die Daumen. Der Text soll anonym eingereicht werden, mit einem »originellen Codewort« versehen. Da würde ich das

Wort »Tubutsch« verwenden, so heißt ein schönes Buch von Albert Ehrenstein, in dem folgende Sätze stehen: »Früher träumte ich vom Ruhm. Er wurde mir nicht zugestellt. Und was blieb, waren Sarkasmen gegen die Glücklicheren.« 1950 starb Albert Ehrenstein in einem New Yorker Armenhospital. Karin, die Gelegenheit ist günstig, schnapp dir den Preis mit deinen Schnäppchen, ich wünsche es dir. Hier ein Gelegenheitsgedicht für dich: Liebe Karin / Du bist gescheit / Das ist wahr in / Ewigkeit / Und ich nütze hier / Die Gelegenheit / Zu sagen dir: / Du meine Fresse, dieses Gedicht ist ein Schmarren, aber es kommt von Herzen. Jetzt aber zu dem Aufregenden, das ich erlebt habe.

# Mensch und Hund

*Ich war einmal für zwei Monate auf einer griechischen Insel, und weil ich dort recht einsam war, erzählte ich mir Gutenachtgeschichten. Frisch von der Leber weg sprach ich die Geschichten in ein Diktaphon und hörte sie mir später im Bett an, um dabei einzuschlafen. Manche der Geschichten, die ich einfach so drauflos erzählt hatte, ohne zu wissen, wohin die Reise führen würde, gefielen mir so gut, dass ich sie am nächsten Tag wortwörtlich abtippte, mit allen Fehlern und Ungereimtheiten.*

es war einmal
irgendwer, der hatte keine zeit, irgendetwas zu tun
und weil er
sehr darunter litt, dass er keine zeit hatte, irgendetwas zu tun
tat er gar nichts
und so saß er herum
hörte den fliegen beim ssssss herumsurren zu
und ähm
eines tages ging er vor die haustür und
da war wieder der hund, der vorher schon oft da gewesen war
der hund, der
immer wieder
treu blickte und so
und da hat der dingsbums ein messer dabei und mit diesem messer stach er dem hund voll in die schnauze. der hund jaulte, der hund machte ein mordstamtam, er lief aber nicht weg, das ermöglichte ihm, noch einmal zuzustechen und äh

nach dem zweiten stich fühlte er sich nicht mehr ganz so wohl, was man vielleicht verstehen kann
ähm
der hund führte äh
irgendwas auf, das heißt, er führte nicht irgendwas auf, sondern war
schmerzlich getroffen von diesen stichen
und da wusste der junge mann sich nicht anders zu helfen, als die sache zu einem ende zu bringen
er
gab dem hund ähhh
mit dem fuß einen tritt
der ohnehin schon schwach auf den beinen war, so sssss
knallte der hund gegen die hausmauer, die gegenüberliegende hausmauer, die nicht allzu weit entfernt war, denn es war eine ganz enge gasse hhh
und er lag da am boden, und da war es dann für ihn einfach, mit dem messer noch ein paar mal zuzustechen, und zwar stach er so lang zu, bis äh
der hund keinen laut mehr von sich gab
inzwischen hatte schon wer aus einem fenster herausgeblickt und zu schreien begonnen, das hatte er nicht gehört, während er zustach, doch jetzt, nachdem er aufgehört hatte, zuzustechen, und der hund auch äh
buchstäblich die schnauze hielt
als er keinen ton mehr von sich gab
da fiel ihm erst auf, dass
die nachbarin, die er nicht kannte, er war erst seit einigen wochen im ort, an dem er sich jetzt aufhielt, also hier, wo er jetzt war, vorher war er
dort gewesen, was sein hier gewesen war, damals dort, als er nicht hier, wo er jetzt war, dort, wo er aaahm

galten andere spielregeln
und jetzt hörte er die nachbarsfrau, und die schrie und schrie und schrie, und er brüllte hinauf, ohne sich dessen bewusst zu sein, dass sie ihn ja gar nicht verstehen konnte: HALT DOCH DEINE DUMME SCHNAUZE!
da fiel ihm ein äh
dass sie ja gar keine schnauze hatte, sondern einen mund, denn sie war kein hund, sie war ein mensch, sie war eine frau und sie war eine alte frau, das heißt, sie war um die 60
gut erhalten
durch die inselluft
denn die inselluft, das war ihm klar
die inselluft, die
hatte eine gute auswirkung auf die haut
doch die frau schrie, sie schrie und schrie und schrie, und er wusste nicht, was sie schrie, äh, was ihn dazu veranlasste, auch zu schreien.
was er schrie, wusste er, aber das war lauter dummes zeug, es war in etwa: HALT DOCH DIE KLAPPE, DU DUMME SAU!
ICH HASSE HUNDE! und: DER HUND GEHT MIR SCHON LANGE AUF DIE NERVEN, DER WAR JETZT SCHON ZWEI MAL VOR MEINER TÜR, DAS DUMME HUNDSVIECH! und: SEIT ICH ZURÜCKDENKEN KANN, SEIT MEIN KLEINER BRUDER VON EINEM HUND GEBISSEN WURDE, WOLLTE ICH SCHON IMMER MAL EINEN HUND TÖTEN, UND DAS HABE ICH JETZT GEMACHT! ENDLICH HABE ICHS GEMACHT, ALSO KEIN GRUND ZUR AUFREGUNG!
die frau schrie und schrie und schrie, es kamen leute in die gasse, und sie quatschten alle griechisch auf ihn ein, denn er befand sich auf einer griechischen insel

äh brrr
er sagte endáxi oder kali mera, und das heißt okay und guten tag. was wusste er sonst noch? parakaló, sagte er, bitte, und efcharistó, das heißt danke. was wusste er sonst noch? er sagte ähm óchi und nä, das heißt nein und JAAA!, oder umgekehrt, er wusste es nicht, keine ahnung, er sagte óchi, nä, parakaló, efcharistó und
endáxi
die leute
STARRTEN ihn an, zum teil starrten sie ihn an, zum teil
SCHRIEN sie ihn an, zum teil
also zum großteil gestikulierten und deuteten sie immer wieder auf den hund, der in seinem blut lag
er
fuchtelte mit seinem messer herum, sagte: endáxi, parakaló, äh, efcharistó und
was ihm halt so einfiel, also die paar äh
BROCKEN griechisch, die er soooooo
sooo KANNTE
und dann passierte plötzlich folgendes
plötzlich
wurde es still

es hatten sich ungefähr 15 bis 20 personen eingefunden
und plötzlich wurde es still

und der grund dafür war

dass der hund
der in seinem blut lag
sich plötzlich aufrichtete

ein
einen ganz eindringlichen hohen ton von sich gab
der ungefähr so klang
üüüüaaaaauuuuUAFF
aauuUAFF
wobei er blut spuckte

er rappelte sich auf
er kämpfte

um sich vom boden zu erheben, er rappelte sich auf, er
schaffte es
er stand plötzlich auf wackligen beinen
unter ihm
die lache blut
sein kopf
sein nacken
alles blutverschmiert
voller blut

er rappelte sich auf, er
er
er setzte einen schritt vor den anderen
trippelte, tappte
er drohte immer wieder umzustürzen, er
er wwwendete sich um
er sah hinauf, zu ihm
zu dem, der
ihn gestochen hatte, er
er sah ihm in die augen
er
er gab wieder diese seltsamen töne von sich

und die menge
war verstummt, sie war entsetzt, sie war
sie wusste nicht, sie
ein mann und eine frau
sie griffen sich, sie sie packten die hände, sie
drückten sich aneinander, die anderen
sie waren ganz gebannt, sie starrten auf den hund
sie starrten auf den hund, der hund
wem gehörte er?
na, die waren in der hauptstadt, in chios, weit entfernt
der hund war täglich alleine, er war immer unterwegs, er
war da und dort, er bekam von diesem und jenem was zu
fressen
er hatte auch zu hause seinen futternapf und
auch zu trinken
er war nie aggressiv gewesen

der hund drehte sich mit aller kraft
drehte er sich um, also er hievte seinen körper auch in diese
richtung, in die sein kopf sah
sein kopf, seine augen, die den
IHN musterten
der ihm diese stiche versetzt hatte

er setzte einen schritt vor den anderen, er mühte sich ab, es
war
die menge STÖHNTE auf, manchmal
manch einer stöhnte auf, als ob er ahhhh SPÜRTE, wie sehr
der hund
sich anstrengte, als ob er ihm helfen wollte äääähhhh ÄHHH
äahh

ER stand wie angewurzelt, er hatte immer noch das messer in der hand
und blut tropfte
es klatschte zu boden
jeder tropfen mit ohrenbetäubendem LÄRM
sonst war nichts zu hören
nur diese eigentümlichen LAUTE aus dem mund des hundes
waaaaauuuu aaauuu ähhh aaaauuuuum
und da schien es ihm plötzlich
dass der hund nicht griechisch
das war nicht griechisch, das war

und der hund kam auf ihn zu

der hund

war bei ihm

der hund sah zu ihm auf
er wusste nicht, sollte er wegschauen, sollte er sagen: ACH WAS! sollte er
aber er konnte nicht
nein

er sah dem hund in die augen, der hund sah ihm in die augen

der hund war kurz verstummt
er öffnete wieder sein maul
blut
speichel
un wiedä klang so ganz vertraut diese sprache, die er schon lange nicht mehr gehört hatte

er war jetzt seit wochen auf dieser insel
aaaauuuuuwaauuummwaaaauuuummmäähum?

er konnte nicht anders

er beugte sich hinunter
hinunter zu dem hund
und berührte seinen mund
die hundeschnauze war auf seinem mund

es war ein
eine
war ein magischer moment
die menge war wie angewurzelt, wie versteinert

der hund
war still
ganz still

er näherte sich der schnauze des hundes
UND DA BISS DER HUND ZU
er biss ihm mit seiner letzten kraft in die nase
dann
sank er erschöpft zu boden
während ER aufschrie
sich die nase hielt, die herunterhing
er spürte die zähne BIS FAST IN
BIS GANZ TIEF IN SEINEN KOPF HINEIN
das blut SCHOSS heraus, er hatte das messer fallen gelassen, er griff mit beiden händen an seine nase, SIE WAR ÄÄHH WEG, SIE WAR WEG, WÄGG AHHHH, und wie er dann hhh luft holte hhhh und ihm die tränen aus den augen

rannen während er nicht wusste, war das blut oder tränen
oder was, was war das eigentlich?
da sah er, wie der hund, der jetzt am boden lag, sich noch einmal
aufrichtete, den kopf noch einmal hob, noch einmal mit aller
KRAFTANSTRENGUNG den mund öffnete und sagte:
äääsch ääädsss üüaaauüüm
dann fiel sein kopf zurück
es war alles leben aus ihm gewichen

ER
hingegen
hatte seine hände im gesicht
die nase HING WEG
er hadhhhe ddhhas gefffüühl
die zähne hatten auch sein gehirn getroffen
es kam ihm vor, als rinne sein gehirn aus
die menge
erwachte langsam aus ihrer lähmung, sie
kamen auf ihn zu, sie sahen vom hund zu ihm, sie gestikulierten, sie SCHRIEN, die frau aus dem nachbarhaus
SCHRIE, es war alles
es war
er wusste nicht, was er tun sollte
er wusste nicht, was er GETAN hatte
er wusste nicht, wie es WEITER gehen sollte, er wusste
ÜBERHAUPT nichts mehr, er

nahm das messer vom boden auf

und schnitt sich erst die kehle durch die pulsadern auf
und anschließend die kehle
dann stach er sich in das linke auge, in das rechte auge

und mit letzter kraft stach er sich noch

in den bauch, so oft, bis ihn die menschen davon abhielten,
aber
es war zu spät

er sackte nieder
sank mit seinem entstellten
gesichhhh t
hhh auf die kehle des hundes. er konnte nichts mehr riechen,
er konnte nichts mehr sehen, er konnte nur noch hören, aber
der hund gab keinen ton mehr von sich
und mit den händen streichelte er
ganz zärtlich
über seinen bauch
während sich ihrer beider blut bereits vermischt hatte
umklammerte sein rechtes vorderbein
ganz tsährtlich, ganz FEST, ganz
er starb
fffhhh

## Betreff: Waldgurken, Stadtflaschen

Lieber Freund und Dorferneuerer, wie geht es deinen Gemüsebeeten? Ich hoffe, alles wächst und gedeiht, sprießt und vermehrt sich – gereicht dir zur Freude ohne Unterlass. Wachsen nicht auch Gurken unter deiner Obhut? Höre, was mir der liebe Arne Rautenberg aus Kiel, der größten deutschen Stadt am Meer, geschickt hat, nämlich einen Link zu einer Geschichte, die er jüngst im Radio gelesen hat. Die Geschichte beginnt mit Witzen, die ihm seine Tochter erzählt, ich darf dir als Gurkenbauer daraus zitieren, wie es so meine Art ist: »Was ist grün und läuft durch den Wald? – Ein Rudel Gurken! Und was fliegt hinterher? – Ein Gurkenglas! Und was ist der Witz daran? – Gurken sind keine Rudeltiere.« Oder der gefällt mir auch gut: »Es ist weiß und steht hinter einem Baum? – Schüchterne Milch.« Trinkst du gern Milch? Meine liebe Frau hasst Milch, ihr wird schlecht, wenn sie nur daran riecht. Aber zurück zu den Gurken, die mir in letzter Zeit öfter unterkommen sind. In der Ausstellung von Erwin Wurm zum Beispiel sah ich gerade viele Essiggurken und Feldgurken auf weißen Podesten, 36 Stück, für jedes Gurkerl und jede Gurke ein eigenes Podest, das war schön anzuschauen, der Titel des Werkes: *Selbstporträt als Essiggurkerl* … Meine liebe Frau mag es übrigens gar nicht, wenn ich Witze aufschreibe, wir fliegen morgen zusammen nach Tbilisi, ins Herz Georgiens, und vorher will ich dir unbedingt noch schreiben, was ich hiermit tue. Tbilisi wird bei uns Tiflis genannt, die georgische Sprache ist was ganz Besonders (wird nur von ca. 4 Millionen gesprochen, wie damals zu Shakespeares

Zeiten die englische – was für versch. Entwicklungen!). Du mehrfacher Vater höre jetzt, wie gesagt wird in der Weltkulturerbe-Sprache Georgisch zu Vater, nämlich Mama! Doch, wirklich wahr. Hier schreibt jetzt also ein Mama dem anderen Mama, ich freue mich auf das fremde Land, die fremde Stadt, die fremde Sprache. Vorletztes Wochenende nahm ich an einem Workshop teil: »Mehrstimmige Gesänge aus Georgien« – das war die perfekte Einstimmung. Ich werde dir dann berichten, da fährt die Eisenbahn drüber, aber jetzt noch was anderes, das ließ mich heute sehr früh aufwachen, das wollte ich dir noch erzählen vor dem Abflug. Kein Wort zu viel, nur treffliche Ausdruck, geschliffenes Formulierung hier in dieser E-Mail, ich will dir nicht die Zeit stehlen verhunzen … Wenn ich in letzter Zeit nicht schlafen konnte, aufwachte mitten in der Nacht, griff ich zu dem Buch *Das Haus der Angst* von Leonora Carrington, darin eine Geschichte, in der kommt ein Onkel Ubriaco vor, der plant zusammen mit dem kleinen Francis (die Geschichte heißt *Der kleine Francis*) eine Vorstellung für ein Publikum (das muss genügen), die Programmpunkte nach der Pause sind: »5. Fauler Zauber MacMurks / 6. Überraschungsnummer / 7. Insgesamt wundersames Finale«. Warum schreibe ich dir das? – Nachdenken, selber draufkommen. Gut, nicht? Ich habe mir am Morgen gedacht, mein Schreiben an dich will ich unter dieses Motto (5.) stellen, ich muss heute die Endfassung meines neuen Buches abgeben (6.), und diese E-Mail könnte vielleicht auch noch reinpassen (7.) … Verzeih diese Abschweifung, aber du hast mir schon mehrfach versichert, ich darf dir schreiben, wie und was ich will, das mag ich so an dir. Neben dem Bett liegt auch wieder einmal ein Buch von Mario Rotter, der passt auch gut hierher. Er wurde geboren

»zur Zeit herbstlicher Düsternis in Wien«, wie er schreibt, in Wien hat er sich auch umgebracht. Aus dem Buch will ich ihn jetzt mit Folgendem zitieren: »Rücksichtslose Fröhlichkeitspflicht / ist tägliche Selbstverständlichkeit!« – Über Mario Rotter, den ich sehr schätze, ein andermal mehr. Ich will nach Kiel! Willst du auch manchmal nach Kiel? Über meinem Schreibtisch hängt seit kurzem ein Zettel, darauf steht: »Nicht verzetteln!« Und daneben hängt auch erst seit kurzem ein weiterer Zettel, auf dem steht: »Frische und Klarheit! – Klara K.« Klara ist meine bezaubernde, herzerfrischende Nichte, die, als wir jüngst in einem schönen Gastgarten saßen, sagte, sie möge Klarheit und Frische … Auweia, ich komme ab, ich wollte dir doch was ganz anderes, ich mache einen zweiten Anlauf.

Lieber Freund des gediegenen Wortes, der hohen Formulierungskunst und des geschliffenen Gedankens, bevor wir morgen nach Tbilisi fliegen, will ich dir noch kurz … Hier noch einmal der liebe Arne Rautenberg aus Kiel, der größten deutschen Stadt am Meer, wo ich leider noch nie war: »alles ist / gekürzt um längen besser«. Ihm verdanke ich auch meine Bekanntschaft mit dem Künstler Thomas Palme, der hier gerade Ausstellungseröffnung hat am 1. Juni, dem Tag unseres Abfluges … Und heute muss ich die Endfassung des Buches *Wer einsam ist in der großen Stadt* abgeben, damit sich mein Lektor im Juni damit beschäftigen kann, zack-zack, diese E-Mail hier, die soll vielleicht auch noch rein, denn, und jetzt kommt's: die Rohfassung einer E-Mail, die ich jetzt einfach hierher kopiere mit allen Mängeln, weil ich muss nachher packen, meine Zeit ist begrenzt, immer alles in letzter Minute, meine liebe E. hat dann auch noch eine Aufgabe für mich, ich habe noch ein paar Wege und pipapo … In letzter Zeit habe ich mich immer wieder mit dem Thema Stadt beschäftigt, da musste ich auch wieder einmal an Folgendes denken, das ich dir jetzt in roher Form, wie gesagt, hierher knalle, ich bitte darum, die Augen auf den Modus »gütig« zu stellen:

Lieber Freund, vor Jahren ist der Kiosk »Buffet Heinrich« bei uns um die Ecke (inzw. gibt es neue Betreiber) zu der Ehre gekommen, in einer Tageszeitung unter »Flop der Woche« (Gastrokritik) aufzuscheinen. Wir kannten den Wirt, die Wirtin, wir wussten, die Kritik entsprach der Wahrheit, so wird es sich zugetragen haben, da fährt die Eisenbahn drüber. Herr Heinrich, Frau Heinrich – ein Paar wie aus dem Bilderbuch *Gastgewerbe des Grauens* …

Ich erzähle die Geschichte gern, weil ich immer neugierig bin auf die Reaktionen. Meistens wird gelacht, manchmal empört der Kopf geschüttelt (»Was, dort verkehrst du?«), immer ist die Geschichte Stoff für schöne Gespräche, sie löst andere Geschichten aus, z. B. über Erlebnisse aus der unerschöpflichen Weite des Gastgewerbes, was den zwischenmenschlichen Kontakt anbelangt usw.

Ein Freund, der vor Jahren von Wien zurück nach Vorarlberg gezogen ist, rief nach der Geschichte aus: »Genau das geht mir in Vorarlberg ab! Solche Wirte gibt's hier nicht …«

Spitze deine Ohren, hier, was sich zutrug, es ist schon etwas länger her, aber immer noch gültig sozusagen:

Eines schönen Tages begab es sich, dass ein Mann Halt machte am Kiosk »Buffet Heinrich«, um dort ein stilles Mineralwasser zu bestellen. – Als ich »stilles Mineralwasser« las, dachte ich sofort: Jessasna! Und ich dachte an das Gesicht vom Herrn Heinrich, »stilles Mineralwasser« war etwas ähnlich Verächtliches wie alkoholfreies Bier, natürlich führten er und seine Frau so ein Gschloder gar nicht …

Das Ehepaar Heinrich war übrigens unberechenbar, am einen Tag herrschte Sonnenschein, am nächsten Tag Blitz, Donner, Sturm und Niederschlag. Einmal war die Frau geradezu liebenswürdig, behandelte uns, als seien wir die besten Freunde, am nächsten Tag wiederum war sie unwirsch bis unfreundlich. Herr Heinrich war sowieso unberechenbar, auch oft schwer bedient, je nachdem, wie viel Alkohol er schon intus hatte. Wir waren an die Unwägbarkeiten gewöhnt, sog. Laufkundschaften natürlich nicht. Ich ging auch deshalb gern dorthin (abgesehen von der schönen Aussicht: Straßenbahn, Abendsonne, blühende Kastanienbäume, Läuferinnen, Kinder, Wiese, ganz Wien kam vorbei auf dem Weg in den Prater …), weil immer wieder was los war (das könnte man besser formulieren, ich weiß). Es gab oft lautstarke Wickel, weil wer die Art vom Ehepaar H. nicht gewohnt war, konnte sich schon wundern, musste sich echauffieren, dachte sich, das darf doch nicht wahr sein usw.

Weiter mit der Zeitungs-Geschichte: Am Kiosk herrschte Selbstbedienung, der erwähnte Kunde bestellte beim Herrn H. ein »stilles Mineralwasser« (na, mehr brauchst nicht), begab sich an seinen Platz und bemerkte erst dort, hoppala, der Herr Wirt hat mir versehentlich ein normales Mineralwasser gegeben.

Der Mann geht zurück zum Wirten und sagt: »Entschuldigen Sie, ich habe ein stilles Mineralwasser bestellt, Sie haben mir irrtümlich ein normales gegeben«, worauf der Herr Heinrich gesagt haben soll (so stand es in der Zeitung, und wir zweifelten keinen Augenblick an der Wahrheit des Geschriebenen), Herr Heinrich hat gesagt:

»Und was soll i jetzt machen? Aber wissen S', was Sie machen können: Schieben S' Ihna des Flascherl in Oarsch eine!«

Einmal kam ich von Vorarlberg zurück nach Wien, noch am Westbahnhof kotzte vor mir ein Mann auf die Rolltreppe – und ich dachte damals geradezu euphorisch und einverstanden: Endlich wieder daheim, in Wien, weit weg vom »sauberen Ländchen« …

Heute würde mich so was nicht mehr euphorisieren, im Gegenteil, aber wenn man jung ist, gehen die Uhren eben anders.

So, jetzt wieder Gegenwart, 31. Mai, morgen fliegen wir nach Tbilisi, heute wirst du noch mit einer E-Mail beglückt, ich danke dir, dass ich dir schreiben darf, wie ich will, dass … Im Tagebuch schrieb ich kürzlich: »Wiederholungen sind die Quintessenz des Daseins.«

Ich denke manchmal an deinen Abschied von Wien, an deinen letzten Abend, bevor du zurück aufs Land gezogen bist, weit weg von mir ans andere Ende von Österreich. Wir trafen uns, wir tranken was, wir redeten viel, wir gingen zusammen zur U-Bahn … Kannst du dich daran erinnern, wie wir uns dann an der U-Bahnhaltestelle gegenüberstanden, die Gleise zwischen uns, denn wir fuhren in versch. Richtungen, du zum letzten Mal in deine alte Wohnung, das trieb mir fast die Tränen in die Augen, ich hätte damals heulen können, denn ich wusste, in Zukunft würden wir uns nur noch selten sehen … Und so war es/ist es. Letzte Woche hatte ich einen Alptraum: Mir wurde plötzlich bewusst, dass wir uns vielleicht gar nicht mehr oft sehen in diesem Leben, das raubte mir fast den Atem, ich kann das nicht besser sagen. Abgrund, gähnender, könnte ich auch sagen, besonders

Ein anderer Traum, auch kürzlich, der war erfreulicher. Ich kürze ab: Ich musste aufs WC, ich staunte nicht schlecht, die Pissrinne war ca. zehn Meter entfernt, eine junger Mann neben mir pisste bis dorthin, ich war schwer beeindruckt, rechnete mit einer Blamage bzw. einer peinlichen Vorstellung meinerseits (»Fauler Zauber MacMurks«, hoho), aber o himmlische Freude, es geschehen noch Wunder: Auch ich schaffte es zehn Meter weit – mein Pissstrahl war nicht ganz so kraftvoll wie der des jungen Mannes, aber immerhin. In diesem Traum von Abgrund keine Spur!

Nein, ich bin noch nicht fertig.

Letztens bei einem Spaziergang mit meiner Emma (ich will sie einmal so nennen) redeten wir über einen Politiker, dem gerade Sexismus vorgeworfen wurde, die »Geier der Moral« (Georg Danzer) haben sich auf ihn gestürzt, um ihn in der Luft zu zerreißen. Er wurde von einem Journalisten verteidigt, das kam nicht gut an bei Emma, die kein gutes Haar an den beiden Herren ließ. Die Verteidigung des Journalisten beginnt damit, dass der angegriffene Mann als einer jener Menschen beschrieben wird, die aus Wien eine Großstadt machen. Er sei kein »Dörfler«, sondern ein »Metropolenmensch«. Er (Bernhard Torsch) schreibt: »Zu einer Großstadt wird eine Stadt nämlich nicht allein durch die Anzahl ihrer Bewohner – schon gar nicht, wenn diese zu großen Teilen Provinz-Flüchtlinge sind, die ihre Dorf-Mentalität und ihre Trachten-Beschränktheit in die Stadt einschleppen« und: »Am Land, wo Anpassung Pflicht und eine lebenslange Festanstellung, am besten als Beamter, das Ideal sind, nennt man solche Menschen [wie den des Sexismus beschuldigten Stadtpolitiker] Versager, in der Stadt können sie gedeihen und müssen ihre vielfältigen Talente nicht zwischen Hausbau, Kernfamiliengründung und ängstlicher Assimilation verkümmern lassen.« – Emma ereiferte sich heftig, erstens über den Politiker, der sich ihrer Meinung nach schwer im Ton vergriffen habe, aber auch über den Journalisten, der ihrer Meinung nach ein überheblicher eingebildeter Wichser sei (das Wort »Wichser« hat sie nicht verwendet), weil er quasi verzapft, dass auf dem Land, in den Dörfern lauter Trotteln leben, dass dort überall nur Dumpfheit, Anpassung, Fremdenfeindlichkeit usw. herrschen. Sie finde das eine Frechheit, ich widersprach ein bisschen, aber sie war in Rage, ich wollte sie nicht weiter reizen. Im Zuge dieser Auseinandersetzung fiel mir ein uralter Text von mir ein, der in einem Buch steht, das längst nicht mehr lieferbar ist. Ich konnte mich nur dunkel an den Text erinnern, ich habe ihn nie bei einer Lesung vorgelesen, worauf Emma meinte, dann sei er wohl auch nicht so toll …

Ich suchte den Text in dem Buch, er heißt: *Die Provinz*, und ich schreibe ihn jetzt für dich ab:

Kaum war Fridolin aus dem Hauseingang getreten, stellte sich ihm ein fremder Mann in den Weg und legte ihm freundschaftlich die Hand auf die Schulter. Der Mann war tipptopp gekleidet, roch intensiv nach Rasierwasser und sagte: »Kümmern Sie sich mehr um Ihre Frau!«

Fridolins Augenbrauen hoben sich, während der Mann fortfuhr: »Und weil wir gerade dabei sind – wann werden Sie endlich Ihren Rasen mähen?«

Fridolins Hals streckte sich. »Sobald ich Zeit dazu habe …«

»Sehr gut, ausgezeichnet, ich werde Sie beim Wort nehmen. Und vergessen Sie Ihre Frau nicht!« Der Mann salutierte und ging im Eilschritt davon.

Fridolin schüttelte grinsend den Kopf. Er lebte erst seit kurzem in der Stadt, und zwar im dritten Stockwerk eines fünfstöckigen Hauses; außerdem war er, wie er in letzter Zeit gern behauptete, seit seiner Geburt schwul.

»Mäh«, machte er unwillkürlich, »mäh, mäh …«, worauf ihm ein Passant auf der anderen Straßenseite den Vogel zeigte.

»Geil!«, rief Fridolin, der nun nicht mehr daran zweifelte, dass es richtig gewesen war, seine langjährige Freundin in der Provinz zu verlassen und in die Hauptstadt zu ziehen.

Den Text habe ich in der Anfangszeit in Wien geschrieben, das Buch, in dem er viele Jahre später veröffentlicht wurde, ist, wie gesagt, komplett weg vom Fenster, wo es nie war. – Schön gesagt.

Es war einmal … Und wenn ich nicht gestorben bin, lebe ich heute noch in Wien.

Mein Schwiegervater zitiert gern einen alten Lehrer, den er im Jahre Schnee hatte, der zu seiner Klasse, die damals weit davon entfernt war, nach Wien zu kommen, immer wieder gesagt hat: »Wien gesehen, alles gesehen!«

Die Wildnis ist im Vormarsch! Kürzlich hat mitten in Wien auf einem Kinderspielplatz ein Wildschwein Kinder angegriffen. Es wurde von der Polizei erschossen. Wilder Osten.

Und wann kommst du wieder mal vorbei? Ich habe da einige Entdeckungen gemacht, die ich dir gern zeigen würde.

Szia, ahoj und servus,
dein Altösterreicher

PS: Verzeih die ungeschliffene Form, das Ungebügelte …